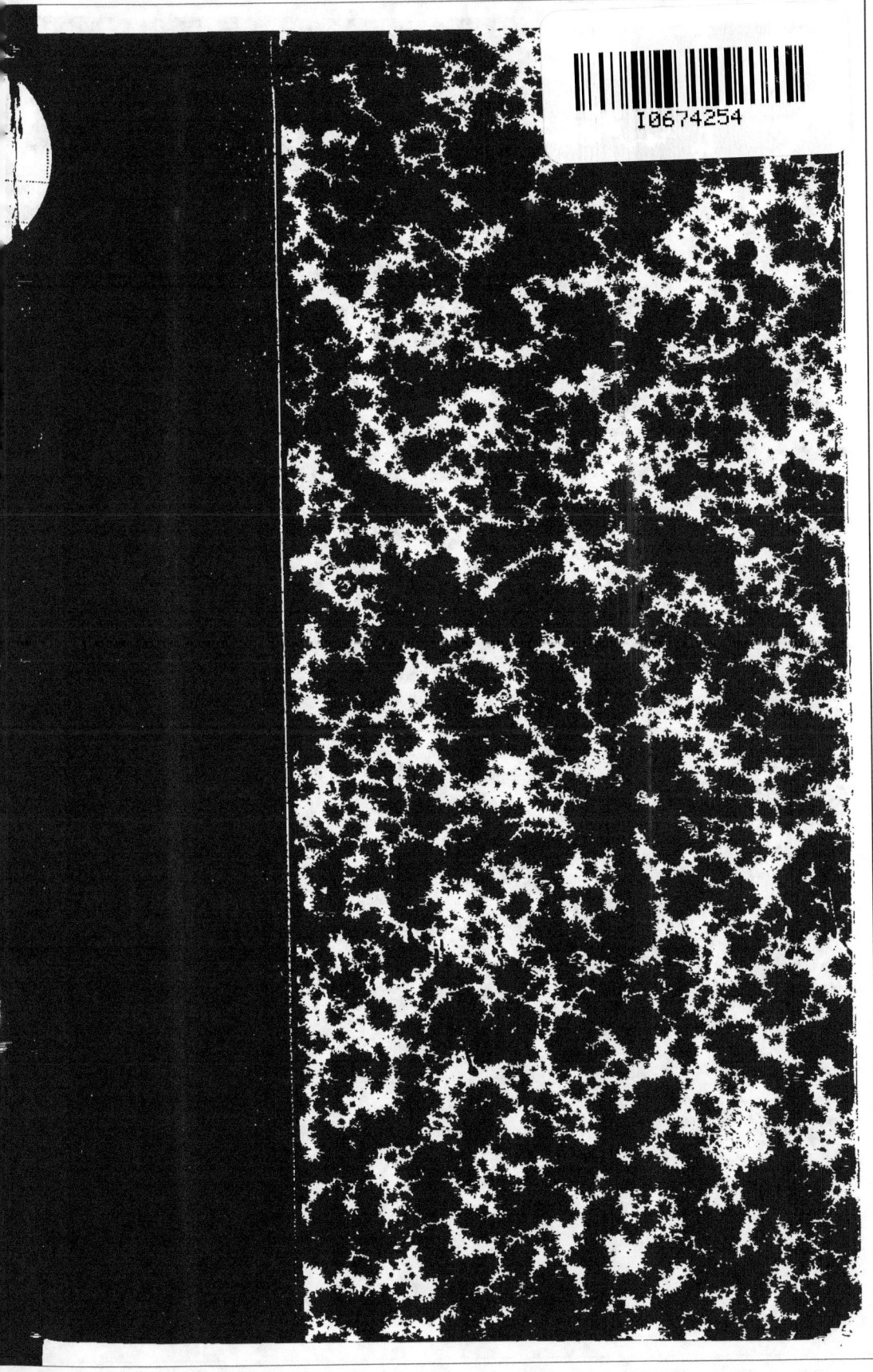

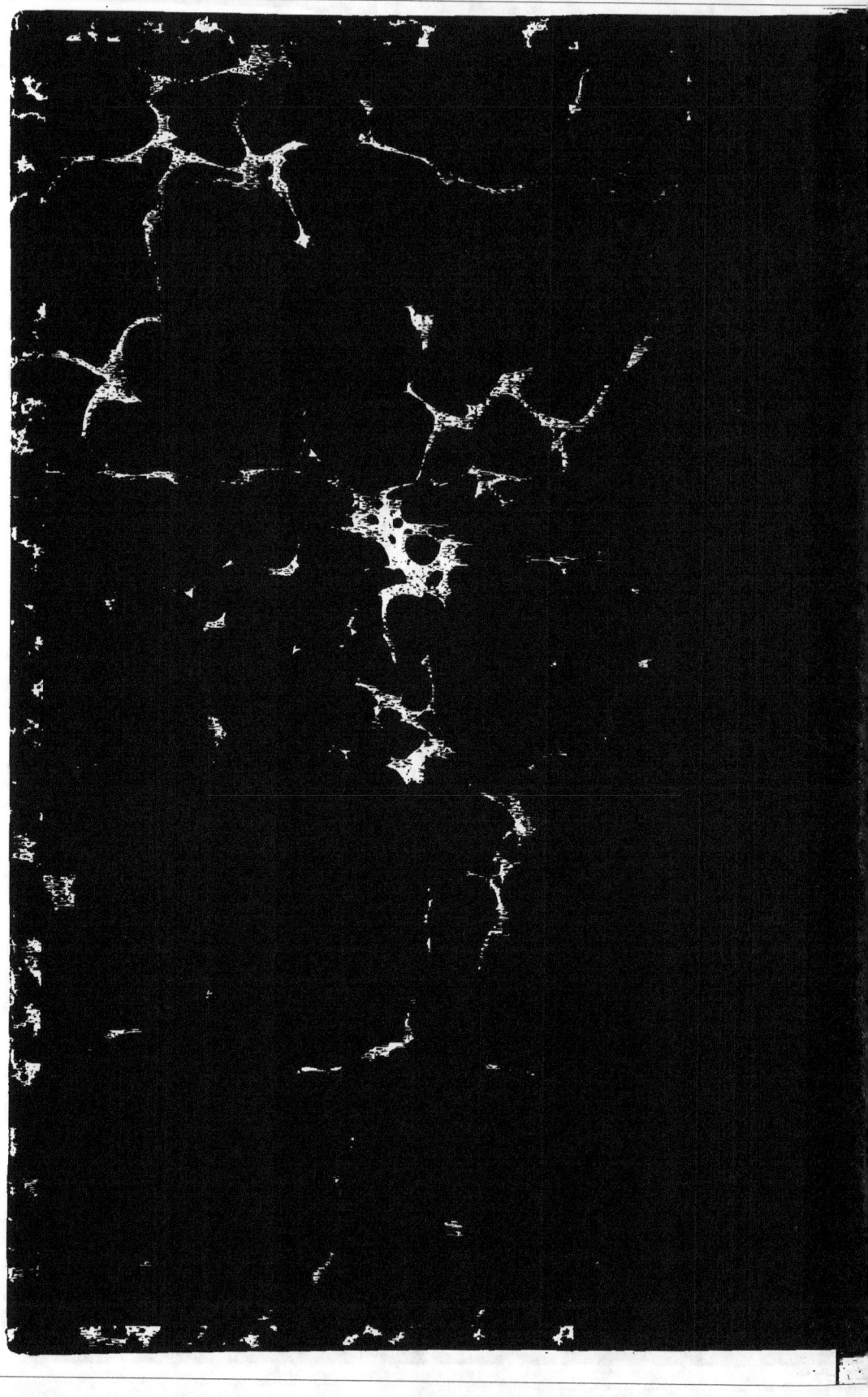

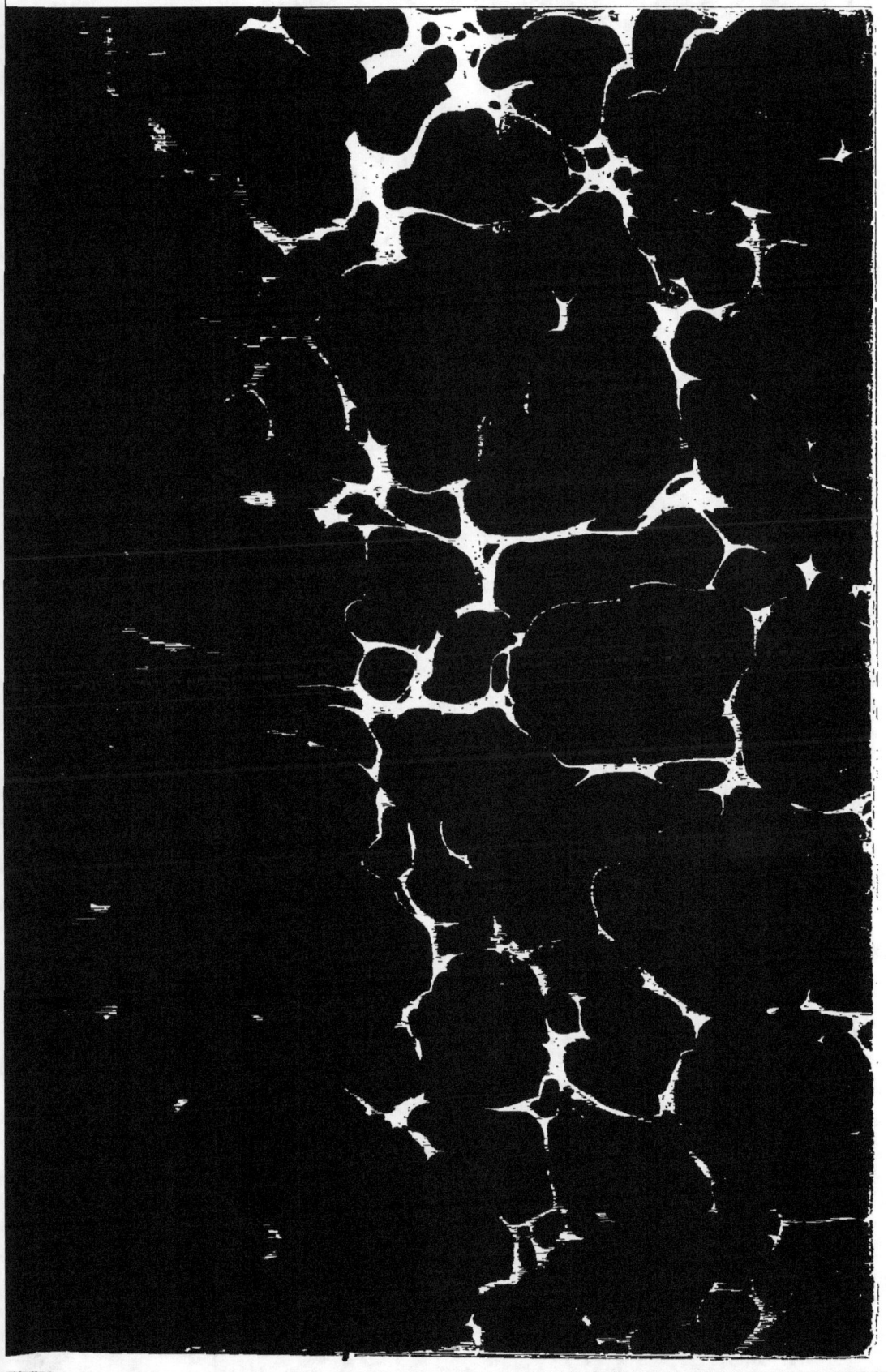

MANSUY

Bibliothèque Champenoise

OPVSCVLES

(Vers et Prose)

DE

PIERRE CONSTANT

Jurisconsulte et Poète Lengrois

XVI SIÈCLE

Avec Introduction et Notes

Par le Docteur E. BOUGARD

Médecin consultant à Bourbonne-les-Bains
Membre correspondant de la Société historique et archéologique de Langres
de l'Académie nationale de Reims, etc.

PARIS

P. ROUQUETTE, LIBRAIRE-ÉDITEUR

85-87, Passage Choiseul, 85-87

1879

PIERRE CONSTANT

Jurisconsulte et Poète Lengrois

Les lis alors étaient d'accord avec l'honneur
et avec l'espoir de la France.

SAINTE-BEUVE.

(*Revue des Deux Mondes.* 1ᵉʳ mai 1846.)

Bibliothèque Champenoise

OPVSCVLES

(Vers et Prose)

DE

PIERRE CONSTANT

Jurisconsulte et Poète Lengrois

XVIᵉ SIÈCLE

Avec Introduction et Notes

Par le Docteur E. BOUGARD

Médecin consultant à Bourbonne-les-Bains
Membre correspondant de la Société historique et archéologique de Langres
de l'Académie nationale de Reims, etc.

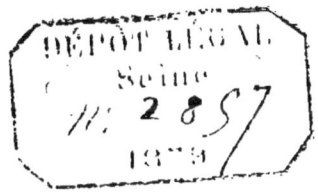

PARIS

P. ROUQUETTE, LIBRAIRE-ÉDITEUR

85-87, Passage Choiseul, 85-87

1879

C. MOTTEROZ

INTRODUCTION

L E volume que nous publions aujourd'hui et qui inaugure la *Bibliothèque champenoise*, renferme tous les opuscules de Pierre Constant, vers et prose, que nous avons pu réunir.

I. *La grande Cacade de Gvyonvelle et ses adherants deuant la ville de Chasteauvillain* assiegee par lefdicts rebelles le mercredy onziesme du present moys D'octobre 1589, par P. Conftant Lengrois.

In-12, sans pagination, sans date et sans nom d'imprimeur.

I.

Cette chanson, extrêmement rare (1), a échappé aux recherches du savant auteur du *Manuel du libraire*. Nous ne la trouvons mentionnée que dans la *Biographie générale* de Didot et la *Géographie de la Haute-Marne* de M. Carnandet, et encore avec un titre inexact, qui prouve que cette plaquette leur était inconnue.

II. *Le cœur Royal des Lengrois,* av tres-chrestien Roy de France et de Nauarre, Henri IIII.

In-12, sans pagination, sans date et sans nom d'imprimeur.

III. *Chanson de l'entreprise du l'orrain sur la ville de Lengres.* Commencee et faillie le 20. iour du mois d'aouft 1591. enuiron les deux heures du matin. Ou sont adioutee quelques autres châsons sur le temps de maintenans.

In-12, sans pagination, sans date et sans nom d'imprimeur.

---

(1) Le seul exemplaire connu fait partie de notre bibliothèque.

IV. *Exhortation a Messieurs les habitans de la ville de Lengres*. Par un Poete lengrois, leur bon con-citoyen.

In-12, sans date et sans nom d'imprimeur (1).

V. *Invective contre l'abominable parricide attenté svr la personne du Roy Tres-Chreſtien Henry IIII. Roy de France & de Nauarre*, Par Pierre Conſtant, Docteur ès droicts, natif de Lengres. *A Paris,* Par *Frederic Morel,* Imprimeur ordinaire du Roy. 1595. Avec Privilege dudict Seigneur.

Cette pièce a déjà été réimprimée plusieurs fois :

1º Dans les *Mémoires de Condé,* servant d'éclaircissement et de Preuves à l'Histoire de M. de Thou, tome sixième ou *Supplement* qui contient la Légende du Cardinal de Lorraine, celle de Dom Claude de Guise, et l'Apologie et

---

(1) Ces curieuses plaquettes, non moins rares que la *Grande Cacade,* nous ont été communiquées par M. H. Chauchard, ancien député de la Haute-Marne, enlevé depuis, si malheureusement, à sa famille et à ses nombreux amis, auxquels sa mémoire sera toujours chère.

Procès de Jean Chastel, et autres, avec des Notes Historiques, Critiques et Politiques. *A la Haye*, chez *Pierre
Dehondt* MDCCXLIII;

2° A *Rennes*, chez *F. M. Vatar*, en Décembre 1850 et
tirée à vingt-cinq exemplaires, dont trois sur papier rose,
aux frais de M. Frédéric Saulnier, alors juge au tribunal
civil du Havre;

3° Dans le *Trésor des pièces rares & curieuses de la
Champagne & de la Brie*, publié par M. Carnandet.
Chaumont 1863. Tome premier, p. 185.

Ces plaquettes de toute rareté, aujourd'hui si recherchées
par les amateurs, offrent le plus grand intérêt pour l'histoire de la Champagne; les quatre premières, surtout,
sont des plus précieuses pour l'histoire de la Ligue dans le
pays langrois. Aussi, en les réimprimant textuellement,
croyons-nous rendre un véritable service aux bibliophiles
et aux hommes d'étude, en regrettant toutefois de ne
pouvoir, malgré d'actives recherches, leur donner sur ce
poëte oublié et sur ses ouvrages, des renseignements plus
complets.

Nous n'avons rien négligé pour rendre notre édition
digne des amateurs auxquels elle s'adresse. Les bois ont
été gravés sur ceux de l'édition originale; l'un d'eux porte

les lettres I. B. qui pourraient bien être les initiales de Iean Boudrot, né à Bourbonne-les-Bains, et imprimeur à Langres vers cette époque.

Les opuscules que nous réimprimons ne constituent pas, à beaucoup près, tout le bagage littéraire de Pierre Constant. Indépendamment d'un grand nombre de poésies insérées dans les recueils de l'époque et dans différents ouvrages à la louange de leurs auteurs, nous citerons encore :

Discours de l'entrée faicte en Avignon, à très noble & illustrissime prince Monseigneur le Cardinal de Bourbon, legat, le 26 octobre 1574.... par P. Constant Lengrois. *Lyon, Benoist Rigaud* 1574, in-8, de 16 pages.

Pièce curieuse, relative au cardinal de Bourbon, le Roy de la Ligue.

En *maroquin* de Koehler, 170 fr. Ruggieri.

*La République des Abeilles. Paris, Gervais
Mallot* 1582. Petit in-4° de 36 feuilles.

Ce poème, que P. Constant composa à vingt-deux ans, a
eu plusieurs éditions. Il en existe une sous la date de 1599
avec une *notice bibliographique* de 7 pages sur les éditions
de cet ouvrage. Une autre datée de 1600. in-8° de 24 feuil-
lets, est intitulée : *Les Abeilles & leur Estat Royal. Paris.
Phil. Dupré.* Le titre seul est changé.

L'édition de 1600 a été vendue 32 fr. Mac-Carthy : celle
de 1599, 57 fr., mai 1859.

Hymne de la tres sacree Natiuité de Iesu-Chrift,
par Pierre Constant. *Jean Charron* 1586 in-8.

Opuscule très-rare qui se trouve quelquefois réuni au
De Nouël de Jean de Caumont. *Paris. Iean Charron.* 1585.
in-8° (1).

---

(1) Jehan de Caumont, docteur en droit et avocat au bailliage de Langres, vers la fin du xvɪᵉ siècle. « C'était — dit l'abbé Mathieu — un homme
éloquent, rempli d'érudition. qui parlait bien et sans préparation sur
toutes sortes de sujets. »

Causes des guerres civiles en France. Morel in-8 1597.

Traicté de l'excellence & de la dignité des Roys. In-12 1598. Dédié à Henry IIII.

Le grant auant Messie, Monsieur Sainct Iean Baptiste, auec sa Natiuité, vie et decolation, par P. Constant, lengrois. *Lengres, des Preᵹ,* in-12 1601 (1).

Discours sur l'entrée de M. de Blerencour, gouverneur de Lengres. En vers françois. *Lengres* 1603 in-4 (2).

---

(1) D'après M. Carnandet et la *Biographie générale* de Didot, l'auteur de cette pièce serait Prudent Constant, poète comme son homonyme et comme lui né à Langres.

(2) Bernard Potier de Gesvres, seigneur de Blérencour, gentilhomme ordinaire de la chambre du Roy, gouverneur particulier de Langres et pays du Bassigny, par provisions royales du 13 octobre 1602, remplaça dans cette charge Jean du Chastelet, chevalier, seigneur de Thons, etc.... démissionnaire en sa faveur.

Il était fils de Louis Potier, seigneur de Gesvres, secrétaire d'État, et

Pierre Constant, Docteur en droit et poète distingué
de son temps, naquit à Langres vers 1560. Lacroix
du Maine l'appelle *homme docte & gentil Poëte Fran-*
çois (1).

Nos propres recherches touchant sa personne et sa biographie ont été à peu près infructueuses; les registres de
délibérations municipales, les comptes et les rôles de
contributions de toute espèce, les listes de la milice bour-
geoise n'en font aucune mention. Seuls, les registres de
baptêmes, mariages et sépultures des anciennes pa-
roisses de Langres, nous ont fourni quelques rensei-

---

de Charlotte Baillet, dame de Tresmes et de Sceaux. Il avait épousé Charlotte de Vieuxpont, dame d'Annebaut, dont il n'eut point d'enfants, et
devint lieutenant-général de la cavalerie légère de France. Il mourut
en 1662.

Le 3 novembre 1602, le corps de ville de Langres lui adressa une
lettre pour le prévenir que la ville attendait sa venue avec empressement.
Mais son mandat d'institution dans sa charge de gouverneur de Langres,
n'ayant été délivré que le 17 mars 1603, par Charles de Gonzague, duc
de Nevers, gouverneur de Champagne, les lettres de provisions ne furent
adressées au siège royal de Langres que le 8 avril suivant. C'est à cette
époque seulement que M. de Blérencour fit son entrée à Langres. Les frais
en furent réglés à la date du 15 avril de la même année, et le 15 juillet
suivant, la chambre de ville lui rendit l'expédition de sa nomination.

Il n'exerça ses fonctions que jusqu'en 1604, année où il fut remplacé
par Charles de Coligny d'Andelot. *(Archives de la ville de Langres.)*

(1) Tome II, page 265.

gnements qui permettent d'établir ses qualités et sa rési-
dence.

Nous trouvons en effet dans les registres de la paroisse
Saint-Martin :

« Margueritte fille de Mᵒ Pierre Constant *enquesteur
pour le Roy* au siege royal de Lengres. Le s. thomas
Petit, marchand parrain, & dame Margueritte femme
Jehan Lambotte tailleur d'habitz, marraine, le premier
juillet 1587;

« Le 13 août 1588, baptême de Pierre, fils de Mᵒ Pierre
Constant, *aduocat en parlement;*

« Le 26 février 1589, Edmée Petit, femme de Mᵒ Pierre
Constant, *enquesteur*, marraine;

« Le 5 janvier 1590, baptême de Barbe, fille de Pierre
Constant, *enquesteur* au siège royal;

« Le 2 juillet 1600, baptême de Baptiste, filz de
Mᵒ Pierre Constant et de dame Anne Petit;

« Le 19 octobre 1602, baptême de Margueritte, fille des
mêmes. »

Ainsi Pierre Constant était *natif de Lengres, Docteur
ès droicts, aduoçat en parlement & conseiller enquesteur
au siege royal de Lengres.* Si, comme l'assure l'abbé

2

Mathieu, d'après Lacroix du Maine et Duverdier, il habitait Dijon en 1595, ce séjour ne dut être que momentané, puisque ses deux derniers enfants naissent à Langres en 1600 et 1602. Peut-être exerça-t-il pendant quelque temps quelque charge au parlement de Dijon :

Il appartenait essentiellement, — ses ouvrages en font foi, — au parti national, qui était alors le parti royaliste. Ennemi déclaré des ligueurs et tout dévoué à son Roy, plein de l'idée de lui conserver sa bonne ville de Langres, nous le voyons sans cesse plaider la cause d'Henri IV, et exhorter ses bons concitoyens à *embrasser la couronne* et à ne point permettre

> . . . . *qu'un temps si malheureux*
> *Change le cœur Royal d'un Lengrois genereux.*

Nous ne terminerons pas ces quelques lignes d'introduction sans remercier M. E. de la Boullaye, bibliothécaire-archiviste de la ville de Langres, de l'empressement qu'il a mis à compulser toutes ses archives et des notes qu'il nous a fait parvenir, et M. A. Lacordaire, bibliothécaire-archiviste de la ville de Bourbonne, pour les documents qu'il nous a communiqués. C'est un devoir pour nous de leur donner ici ce témoignage de notre reconnaissance.

Dr E. BOUGARD.

Bourbonne-les-Bains, 1er novembre 1878.

INDEX BIBLIOGRAPHIQUE

CLÉMENT MACHERET. — *Journal de ce qui s'est passé de mé-morable à Lengres & aux environs depuis 1628 jusqu'en 1658.* Manuscrit faisant partie de notre bibliothèque.

GAULTHEROT. — *L'anastase de Lengres, tirée dv tombeav de son antiqvite,* par M. P. Denis Gaultherot, Docteur es Droicts, Aduocat au Bailliage & Presidial d'icelle. *A Lengres, chez Iean Boudrot,* MDCXLIX, petit in-8°.

O. JAVERNAULT. — *Memoires & Antiquitez de la ville de Lengres,* XVIIᵉ siècle. Manuscrit faisant partie de la Biblio-thèque de M. P. de Saint Ferjeux.

MEMOIRES DE CONDÉ, servant d'éclaircissement & de preuves à l'histoire de M. de Thou, Tome sixième ou supplément qui contient la Légende du Cardinal de Lorraine, celle de Dom Claude de Guise, & l'Apologie & Procès de Jean Chastel & autres, avec des notes Historiques, Critiques & Politiques. *A La Haye, chez Pierre Dehondt,* MDCCXLIII.

MEMOIRES-JOURNAUX de Pierre de l'Estoile, concernant les règnes de Henri III & de Henri IV. Éditions de 1741 & de 1875.

LACROIX DU MAINE & DU VERDIER. — *Les Bibliothèques françoises.* Nouvelle édition avec les remarques de La Monnaye, Bouhier, &c., publiée par Rigoley de Juvigny. *Paris,* 1772, 6 vol. in-4°.

ANNUAIRE DU DÉPARTEMENT DE LA HAUTE-MARNE, pour l'an 1811. *A Chaumont, chez la v° Bouchard,* Imprimeur de la Préfecture, 1811, in-8°. Cet annuaire, devenu très-rare, renferme la *Biographie du département de la Haute-Marne,* par l'abbé Mathieu.

CH. LACRETELLE. — *Histoire de France pendant les guerres de religion,* par Charles Lacretelle, membre de l'Institut & professeur d'histoire à l'Académie de Paris. *A Paris,* 1815, 4 vol. in-12.

CORRESPONDANCE *politique & militaire de Henri le Grand avec Jean Roufsat, maire de Langres.* Relative aux evenemens qui ont précédé & suivi son avènement au trône. *Paris,* 1816, un vol. in-8°.

NOUVELLE BIOGRAPHIE GÉNÉRALE, depuis les temps les plus reculés jusqu'à nos jours. *Paris, Firmin-Didot frères,* éditeurs, 1855.

La Haute-Marne. — Revue champenoise. *Chaumont, Ch. Cavaniol,* imprimeur, libraire-éditeur, 1856, un vol. in-4º. Publiée sous la direction de M. J. Carnandet.

Émile Jolibois. — *Histoire de la ville de Chaumont (Haute-Marne),* par Émile Jolibois, avec 2 plans de la ville & 5 planches lithographiées. *Paris & Chaumont,* 1856, un vol. grand in-8º.

E. de Barthélemy. — *Notice historique sur Coiffy-le-Château & ses institutions,* d'après des documents inédits, par Édouard de Barthélemy. *Paris, chez Auguste Aubry,* 1856, un vol. in-8º.

E. Jolibois. — *La Haute-Marne ancienne & moderne. Chaumont, Veuve Miot-Dadant,* 1858, un vol. grand in-8º.

Carnandet. — *Géographie historique, industrielle & statistique du Département de la Haute-Marne. Chaumont,* 1860, un vol. in-12.

Carnandet. — *Le Trésor des pièces rares & curieuses de la Champagne & de la Brie.* Documents pour servir à l'histoire de la Champagne, recueillis & publiés par J. Carnandet, Bibliothécaire de Chaumont. *Chaumont,* 1863, 2 vol. in-8º.

J.-C. Brunet. — *Manuel du Libraire & de l'Amateur de livres.* Cinquième édition. *Paris,* 1860-1865, 6 vol. grand in-8º.

P. DESCHAMPS et G. BRUNET. — *Manuel du Libraire & de l'Amateur de livres.* Supplément. *Paris.* 1878, un vol. grand in-8°.

ŒUVRES DE JEAN DE LA TAILLE. — Publiées d'après des documents inédits, par René de Maulde, ancien élève de l'École des Chartes. *Paris, Léon Willem.* 1878, un vol. in-18.

A. BONVALET. — *Documents historiques sur Coiffy-le-Haut.* par Adrien Bonvalet. *Langres, Dallet.* 1878, un vol. in-12.

LA GRANDE
CACADE DE
GVYONVELLE ET
SES ADHERANTS DE-
uant la ville de Chasteau
villain.

Assiegee par lesdicts rebelles
le mercredy onziesme du pre-
sent moys D'octobre. 1589.

PAR
P. Constant Lengrois.

In deo faciemus virtutem, & ipse
ad nihilum deducet tribulātes nos.
Psal. 60.

LA GRANDE

CACADE DE GVY-
ONVELLE ET SES ADHE-
rans deuant la ville de Chasteau
villain.

*Attendois d'heure en heure,*
Qu'une plume meilleure
Que la mienne en ma main,
Chantaſt la desbandade
De l'infame Cacade
Deuant Chaſteau villain :
Aucun ne ſ'y presente,
Si fault il que ie chante
L'honneur grand des vainqueurs,
Blasonnant l'infamie
De la trouppe ennemie
De noʒ traiſtres Ligueurs.

Ce fut le iour vnziefme
   De ceſt octobre meſme,
   Que ces Ligueurs felons.
   D'une forme inhabille
   Aſsiegerent la ville
   Auecques leurs canons.
Et ſans l'auoir ſommée
   Leur trouppe ramaſſée
   De brigants & meurtriers,
   Feit de grande furie
   Sonner l'artillerie
   Durant deux iours entiers.
Tant plus faiſoient ilz rage,
   Plus croiſſoit le courage
   Aux habitans du lieu,
   Qui plus au ciel qu'en terre
   Ne trouuoient en la guerre
   Ny derrier ny meillieu :
O choſe non pareille !
   L'affliction reſueille
   Ainſi comme faict l'eau
   La maſſe pareſſeuſe
   De la chaux ſommeilleuſe
   Que recuict un forneau.
Tandis, de faire breſche
   L'ennemy ſe deſpeſche,

Et comme par effeĉt,
Son canon qui commande
Faiĉt une brefche grande
Que fouuent on refaiĉt.
Mais le feigneur de Meufe,
A l'ame genereufe,
Dautricourt le vaillant,
Vaillant comme l'efpée
La brefche ont occupée
En contre-bataillant :
Henry monfieur de mefme
Dont la vertu fuprefme
Souftint, non a demy,
Comme vne ferme roche
L'iniurieufe approche
Du ligueur ennemy.
Vn baron de courage
Valeureux & bien fage
De Sainĉt Amĉd feigneur
Luy feit auffi pareftre
Que peult la noble dextre
D'un homme de valeur.
Ie ne tairay en fomme
Vn vaillant gentilhomme
Chauuirey grafledos,
Qui durant la furie

Sans crainte de ſa vie
N'eſtoit pas a repos
Sans que le cœur leur tremble,
  Ilʒ souſtiennent ensemble
  Deux aſſaulx de fureur :
  En si iuſte querelle
  La puiſſance éternelle
  Leur feit groſsir le cœur.
Genouilly qui abonde
  En valleur, les feconde
  Et combat tant qu'il peult
  Le refolu la mare,
  Braue foldat & rare
  En defaict tant qu'il veult.
En ces chauldes alarmes
  Apres auoir en armes
  Vn long temps deffendu,
  L'ennemy peſle meſle
  Tombe comme la greſle
  Sur la place eſtandu.
Les charognes infectes
  De ces trouppes defaictes
  Rempliſſent les foſſeʒ :
  O la belle defpeche !
  Voila comme on defpefche
  Ces ligueurs ramaſſeʒ.

Or la trouppe ennemye
  Voyant la boucherie
  De tant & tant de morts,
  Se prend a Guyonuelle,
  Le tanfe à le querelle
  Qu'ilz ne font affez forts.
D'un courage fort lafche
  Auecques sa rondasche
  De cirey le baron,
  Faifant femblant & mine
  D'approcher la ruine,
  Y torna le tallon.
A tant ces beaux gendarmes,
  Moins vaillants que leurs armes,
  Se treuuerent foudain,
  Sans courage, & sans pouldre.
  Ainfi ceffa leur fouldre
  Deuant Chafteau-villain :
Et pour marque eternelle,
  L'enfeigne colomnelle
  De ces lafches couards,
  En la ville afsiegée
  Sert d'vn braue trophée
  A noz vaillants foudars,
La groffe guillemette
  Naguieres à Chaumont faide

Y fut conduicte en vain,
Tout Chaumont en soufpire,
Elle a crefué de rire
Deuant Chafteau-villain.
Vous Seigneurs Capitaines
Dont les ames certaines
Sont nobles au frapper,
Pourroy-ie bien efcrire
Condignement, ou dire
Voftre vertu fans pair.
Dieu vous en recompenfe,
Ceft pour la pauure France,
Trouble-france touiours,
Que la ligue importune
Vous faict courir fortune
Au hazard de voz iours.
Le Roy noftre bon maiftre
Que tout doibt recognoiftre
(Pour fon pouuoir facré)
Par fa puiffance toutte
A l'aduenir fans doubte,
Vous en fcaura bon gré.
Quant à toy Guionuelle,
Et ton frere rebelle
Vous porterez au col
Pour voz loyaux feruices

Comme aufsi voʒ complices
  Vn infame licol.
Et apres cefte guerre
  Tout de mefme à Dampierre,
  A Montarbis autant,
  De clinchamp à la corde
  Criera mifericorde
  Auecques d'Efpinant.
Des Carreaux le feuere
  Tué depuis naguere
  Debuoit à Montfaulcon,
  Sans fa mort accomplie
  Pendre en la compagnie
  De Raucourt & Bricon.
Ainfi Dieu noftre pere,
  Tout benin à feuere,
  Qui nous va recherchant
  D'une iufte ballance,
  Le bon il recompenfe,
  Et punit le mefchant.

FIN

Le cœur Royal

des Lengrois,

AU TRES-CHRESTIEN

Roy de France et de Navarre,

HENRI IIII.

Lux orta est iusto, & rectis corde lœti-
tia

Psal. 96.

AV ROY,

Encores que la guerre
Soit vn fascheux tonnerre,
Ma muse, toutesfois,
(Muse toute à vous, SIRE),
A pris plaisir d'escrire,
Le cœur franc des Lengrois.

P. CONSTANT.

AV TRES-CHRESTIEN

ROY DE FRANCE & DE NAVARRE,

HENRY IIII DE CE NOM.

SIRE,

 ont les lengrois (vos subjects très-fidelles
    Ennemys des Ligueurs, traistres, félons, rébelles)
    Qui vous offrent leur cœur, eſtant le cœur auſsi
Le present des subiects ordinaire, & sans si,
Car les petits n'ont point des moyens conuenables,
Pour caresser des Roys les grandeurs admirables :
Que s'ils n'ont dequoy, SIRE, à tout le moins les cieux
Les ont pourveu d'un cœur, don rare & pretieux.

Le cœur eſt le premier qui en nous prend naissance,
Et qui meurt le dernier de noſtre humaine essence :
Le cœur naiſt pour les Roys, & leurs loix encourir,
Et comme il naiſt pour eux, pour eux il doibt mourir,
I'entens parler du cœur qui naiſt en Dieu supresme,
Et lequel vit en Dieu, & qui meurt en Dieu mesme :
Tel est le cœur de cil' qui ayme, obeissant,
Et qui craint de son Roy le bras long et puissant.

    Ie veux biẽ qu'un Ligueur vous face present, SIRE,
D'vn superbe Palais de marbre, ou de porphyre,
D'vn diamant poinctu, d'vn aʒuré lapis
D'vne opalle bigearre, ou d'vn brillant rubis,
Si vn cœur liberal tous ces presents n'enflame
C'eſt vous faire present d'vn corps qui eſt sans ame,
Ie priserois pluſtoſt dans la main d'vn paisant,
Le don faict de bon cœur d'un espi iaunissant :
« Le cœur faict le present opulent & superbe,
« Quand bien ce ne seroit qu'vn verdoyant poil d'herbe, »
Car l'on ne donne pas pour donner à demy,
Pour aduancer, ou rendre opulent son amy,
Ceſt pour ouurir le cœur, et d'vne preuue aperte
Monſtrer de sa bonté la face descouuerte,
Au cœur giſt le bon ʒele, au cœur giſt la bonté,
Au cœur giſt pour l'amy la grande volonté.

    A tant, mon Roy tres-cher, l'affection non feincte,
(Qui ne sera iamais en voʒ Lengrois eſteinte)

Ores vous faict tres-humble vn present, mais dequoy ?
D'vn cœur, SIRE, d'vn cœur qui eſt digne d'vn Roy,
(D'autant qu'il eſt Royal) auſsi tout ce qui sonne
Du sacré mot de Roy, voſtre seule personne
En eſt digne touſiours, & sera en deſpit
Du superbe Ligueur, qu'auez faict si petit,
Et lequel s'eſt rendu à iamais incapable,
Et sa postérité d'vn nom si venerable.

   Si son cœur enragé eſtoit ouuert, que non,
Certes l'on n'y verroit, l'on n'y verroit, sinon
Que des crapaux infects, des iaunaſtres viperes,
Des aspics veneneux, & des faulses Chimeres,
Mais dans le noſtre, SIRE, on y verroit des Lys,
Blanchoians et espaix comme ieunes taillis,
De ces beaux Lys François dont la fleur perdurable
Ne changera iamais son printemps immuable
La France eſt son printemps gratieux et amy,
Et l'Espagne a iamais son hyuer ennemy :
Au Leuant croiſt l'encens, & aux Indes l'yuoire,
En la France les Lys de tref-longue memoire,
Et dont l'on ne vous faict aucun don ny depart
Mais d'vn cœur dans lequel ilz ont bien bonne part.

   Il vous eſt tout ouuert, car parmi ces tempeſtes,
Sans la pœur de noz biens, sans crainte de noz teſtes,
Il s'eſt monſtré touſiours inuincible és Lengrois,
Pour Dieu, & pour leur Roy legitime et François :

Ce cœur faict son seiour en tout ce peuple, SIRE,
Qui, sage, recognoist vostre Royal Empire,
Et qui en son debuoir, par le vouloir de Dieu,
De sa natiuité a conserué le lieu
D'vn zele tres-ardant, tref-fidelle & intime,
Pour l'heritier du Lys Royal à legitime,
(En quoy il n'a rien faict, SIRE, que son debuoir)
Mais peu ont eu aufsi vn semblable fçauoir
Rare fçauoir & grand prouenant de l'efchole
De celuy qui les fiens, en temps, & lieu confole,
De ce confeiller, dy-ie, & dont la deité
Faict le tiers au complot de la triple vnité
Il nous a confeillé de n'enfuiure la trace.
Ny les deportements de cefte infame race
De François retournez, qui penfent, mais en vain,
Tranfplanter le franc Lys vnique & souuerain :
Deteftables François, & dont le zele inique
Se couure faulfement du manteau Catholique,
Et qui crachent fur nous, sur nous autres Lengrois,
Qui tenons fermement le party de nos Roys,
Et sans nous ahurter dans les noires tenebres,
Qui poulfent ces mefchants en ces troubles funebres.
    Ce grand zele & intime, enclin a son debuoir,
Defpend entierement du tout puiffant pouuoir,
Il n'euft sçeu autrement, en vn temps si contraire,
Se maintenir, conftant, dans vn cœur populaire.

Auſſi tout vient de Dieu, & mesme la vigueur,
Que nous pouuons auoir en ce temps de rigueur.

Or tel que ce cœur franc de voʒ Lengrois peut eſtre,
En deſpit du Ligueur vous en eſtes le maiſtre :
Pour vous seul il eſt né, pour vous il vit auſsi,
Et pour vous il mourra, si besoin faict, icy.

Receveʒ dócques ce cœur, ce cœur qui eſt tout voſtre,
Ce cœur franc et Royal, qui ne fuſt iamais noſtre,
Ains du tout au vouloir des legitimes Roys,
Qui vous ont mis au poing le sceptre des François
Que Dieu vueille garder, vous faiſant à ſa gloire
Regner heureusement en ce bas territoire.

1

CHANSON

De l'entreprise du l'or-
rain sur la ville de
Lengres.

Commencee & faillie le 20ᵉ iour
du mois d'Aouſt 1591. enuiron les deux heures du matin.

Ou ſont adioutee quelques autres chã-
ſons ſur le temps de maintenans.

CHANSON

De l'Entreprise du Lorrain sur la ville de Lengres.

Commêcec & faillie le 20° iour du mois d'A-
oufl 1591. enuiron les deux heures
du matin.

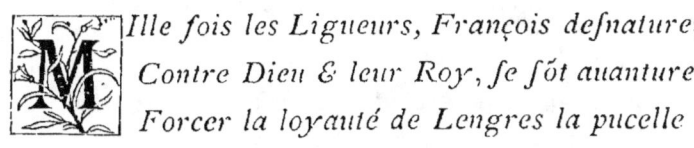

Ille fois les Ligueurs, François defnaturez
Contre Dieu & leur Roy, fe fót auanturez
Forcer la loyauté de Lengres la pucelle
Pour la rêdre comme eulx à fon Prince rebelle,

Mais cógnoiffant qu'en vain cela se practiquoit
Et que tous leurs effortz en rien ne l'eftonnoit,
Penffant dexecuter, d'vn nouuel artifice,
d'Hommes femmes enfans vn entier sacrifice.

4.

Deux ans y a & plus que le conseil fut pris
Et le tout resolu par ces confus esprits,
Qui pour l'effectuer de nostre porterie
Font approcher pietons & leur cauallerie.

Ces faulx religieux trois fois ont prié Dieu
En chemin forcenez d'accomplir ce beau vœu ;
Mais Dieu plain de douceur ennemy des tueries
A rompu les effects de ceste boucherie.

Les traistres du pays ne laissoient de marcher
L'vn portant le petard l'autre pour l'attacher,
Fauoriz de la nuict & leurs noire casaques
Sôt soudain recongneu par le sieur de Biragues.

Tous leurs harquebuziers sur le vêtre couchez
Et du petard le bruict attendants enragez,
Faisáts mine asseuree d'estre plain de courage
Vn seul harquebuzier leur faict quitter bagage.

Tellement a ce coup se sont d'effroy saisiz
Ces Lorrains tout pasmez que leurs cheuaulx pousfiz
Sôt côtrainctz hannisás decouurir l'entreprise
Que faisoient ces pipeurs de la maison de Guyse.

Vn mardy au matin deux heures auát le iour
Le xx. d'Aouſt voulloient iouer ce tour,
Dyane s'eſueillant a faict veoir ſes canailles
Qui defendoiét hôteux du pied de noʒ murailles.

Lors vous eusſieʒ iuger qu'a grand coup de baſton
Des trippiers chaſſoient ces mangeurs de bascó.
Se souuenant à coup du sieur de Dinteville
Qui braue & valeureux cómandoit a la ville.

C'eſt luy qui tout soudain fit le canon ronfler
De braues harquebuʒiers les murailles combler
Fit ſortir Cauailliers des meilleurs de ſa ſuytte
Qui ne peuuét attraper ces Lorrains a leur ſuyte.

L'aisné ducet, suiuy d'habitans courageux,
Vad la teſte baiſſant par les lieux ombrageux,
Vaillamment deſchargea ſon eſcoupeteries
Iusques dedans le gros de leurs infanterye :

On voyoit de noʒ tours ces Lorrains rebuteʒ
Fuyr comme des chiens en cuisine fouetteʒ,
Leurs armes entreigner cóme ſimple quenouilles
Et noʒ gens retourner armeʒ de leur deſpouilles.

Voila, traiſtres Lorrains, l'effect de voʒ petardʒ
Voila le braue cœur de voʒ hardiʒ soldatʒ,
Tout ſ'eſt eſuanouy voʒ planches cramponnées
Reſteront ſeullement pour ſeruir de trophées.

Ie vous ay ſouhaitté pour loyer & guerdon
De voʒ deſloyauteʒ vn Henry de Bourbon,
Suyui bien a propos de quinʒe cens ſallades
Pour vous donner alors le refrain de ballade.

C'eſt celuy la qui tient le ſeptre dans ses mains
Qu'oſter vous luy vouleʒ cruelʒ & inhumains,
Mais Lorrains vo' craigneʒ ſa Royalle preſéce
Le ſeul bruict de son nõ vous faict perdre cadéce.

Fuyeʒ iuſques aux enfers Ligueux ẽdiablaſſeʒ
Vous & voʒ albanois bougerons ramaſſeʒ,
Et tout voʒ Eſpagnolʒ de couleur basanée
Contre vous iuſtement la ſentence eſt donnée.

Quant à nous, vraiʒ François, les genoulx ſlechiſſans
Nous prierõs sans ceſſer ce grãd Dieu tout puiſſant,
Qui nous dõne ſa paix appaiſant ſa colere
Chaſtiant de ſa main ces races de vipere.

Autre chanson nouuelle sur le chant de la chanson de Mongommery.

*Efce pas grand pitié de veoir la pauure France*
Confufe en malheurs de miferes & fouffrance
A l'appely de ceux qui par trop enuieux
Desirent la Couronne
Ilʒ font caufe des maux & de tant de trauaux
Qu'endure la Bourgoigne,

Nefce pas côtre droiâ de vouloir entreprédre
Contre le succeffeur & de le vouloir rendre
Odieulx aux humains, ces tirans inhumains
Par la monftre leurs rage.
De vouloir dechaffer le iufte heritier
Hors de fon heritage.

Ilʒ ont bien abuseʒ le fimple populace
Tout leurs fraude & propos & toute leur falace.

Ne flechiront le cœur des loyaulx feruiteurs
Plustost mouront en peine
Qui ne voient estre Roy le Roy des Nauarrois
Malgré le Duc Dumaine.

Encor que l'Vnion demanda son aide
l'Espagnol glorieux dict auoir le remede
Nous auons du secours qui nous vient tous les iours
De la grand Germanie,
Ilz doibuent auoir bien peur tous ces traistres ligueurs
De telle compaignye.

Le Pape a beau fournir aux Guysardz de pecugne
Il monstre bien par la la mauuaise rencugne
Qu'il porte aux Bourbons puisqu'il ne treuue bon
Qu'un Roy de ceste race
Regne sur les François, cóme si vn tel choix
Despendoit de sa grace.

FIN.

EXHORTATION

A

MESSIEURS LES

HABITANS DE LA

VILLE DE LENGRES.

Par un Poete Lengrois, leur bon con-citoyen.

A

MESSIEURS LES HABI-
tans de la ville de Lengres.

 *Es chers con-citoyens, fi le zele non feinct,*
    De feruir voftre Roy, n'eft point encore efteinct
    Si le foucy de vous encor' vous efguillonne.
Embraffez de bon cœur la Françoyse Couronne.
Et ne permettez point qu'vn temps fi malheureux
Change le cœur Royal d'vn Lengrois genereux.
    Quand les vents irritez fur le flottant Neree
Vireuoltent ça, la, quelque nef efgarree.
Ores fur vn ecœuil, ores contre vn rocher.
Ceft lors que l'on cognoift la vertu du nocher.
Ceft lors que l'on cognoift, parmy fi grand'orage
D'vn vaillant Nautonnier l'immuable courage :
Helas! donc, ie vous prie. au nom du tout puiffant.
Que le malin confeil d'vn traiftre blemiffant,

5

Ne vous face oblier l'affection intime
De seruir a iamais voſtre Roy legitime.

    Pluſtoſt tombe ſur vous le fouldre impetueux,
Qui bouluerſa Sodome aux enfers tenebreux,
Pluſtoſt deſſoubʒ voʒ pieds la terre se creuaſſe
Pour engloutir ſoudain & vous & votre race,
Que de fleſchir, legers, de voſtre deu deuoir
Au Roy qui ha ſur vous iuſtement tout pouuoir.

    Celuy qui vne fois a torné le visage
A son Roy Tres-Chreſtien, tres valeureux & ſage,
Tout le flot d'Orien ne ſeroit ſuffiſant,
Pour lauer le charbon qui le va noirciſſant :
Et qui plus eſt l'on tient, pour vray, qu'en felonnie,
Le rebelle ne fault qu'vne fois en ſa vie :
Le Roy peult pardonner la peine du meſſaict,
Mais la coulpe demeure à celuy qui l'a faict,
Et quiconque a eſté vne fois en ſa vie,
Perfide ou deſloyal, touſiours on s'en defie,
De luy non ſeulement en ceſte qualité.
Mais a bon droict auſſi de ſa posterité.

    Le ſubiect n'ha qu'vn Roy, comme il ny a au monde
Qu'vn Soleil seul qui fait ſa iournaliere ronde,
Auſſi ne doict auoir le ſubiect qu'vne ſoy
Totallement tendue & fichee en ſon Roy.

    Et bien, ſi voſtre ville on menace de flames.
Voʒ personnes de mort. & de honte voʒ femmes,

Voz portes de petards, vos murailles d'assault,
Il ne fault, chers Lengrois, chers Lengrois, il ne fault,
Perdre cœur pour cela, la puissance eternelle
Fauorise tousiours l'ame saincte & fidelle,
Et qui ayme son Roy, & le benist aussi,
Dieu le benist & l'ayme, & ha de luy soucy.

  Fermez l'œil au dangers & ne faictes point conte,
Pour vostre Roy, du feu de la mort, ny de honte :
Hé ! quand le Souuerain, apres tant de trauaux,
Vous feroit le subiect de tant & tant de maux,
Vouldriez vous renier, en vous laissant seduire,
Celuy que Dieu a mis sur vous pour vous conduire ?
Vouldriez vous preferer à la mort vostre honneur,
Apprestant de quoy rire a l'estranger mocqueur ?

  Et quand vous ne pourriez acquerir la victoire,
Acquerez, en mourant d'vn bon subiect la gloire :
Ainsi, iadis, ainsi, ainsi le fort Hebrieu,
Plus vaillant qu'vn Cesar, se voyant au meillieu
De son fier ennemy, non traictable & indigne,
Honora son tombeau par sa propre ruine.

  Voz boucliers, vos espieux, voz mousquetz, voz canons,
Voz coutelatz trenchans, voz crestez morions :
Voz rempartz & voz tours, voz espaisses murailles,
Ce ne sont qu'instruments, dont le Dieu des batailles,
Se sert pour couronner d'vn l'aurier immortel,
Apres un dur conflict, l'homme iuste & fidel.

Ce ne font point les dards, ce ne font point les armes,
Ce ne font les affaulx, ce ne font les alarmes,
Qui nous rendent vainqueurs, ceft Dieu qui void soudain
La cause qui eft iufte, & qui la prend en main.
Embraffez doncq Lengrois, embraffez la couronne,
L'horreur feul & l'effroy de la race felonne,
Et ne permettez point qu'vn temps fi malheureux,
Change le cœur Royal d'un Lengrois genereux :
Vous gaignerez partout : Le createur fublime,
Fauorise toufiours vn party legitime.

FIN.

INVECTIVE
contre l'abominable
Parricide attente svr
la personne du Roy Tres-Chrestien
HENRY IIII Roy de France
et de Navarre

Par Pierre Constant, Docteur ès droicts
natif de Lengres

A PARIS

Par Frederic Morel, Imprimeur
ordinaire du Roy.

1595.

Auec Priuilege dudict Seigneur.

5.

Invective contre
l'abominable Parricide attenté
svr la personne du Roy
HENRY IIII.

E ne font, Meſſieurs, ce ne font les
François, tres Chreſtiens, & tres-
fidelles ſubiects de ſa Maieſté, qui ſe
laiſſent piper a l'opinion erronée, ſaulſe &
heretique de ceulx qui ſoy diſanſts enfants de
la ſaincte Hoſtie, ſoubſtiennent qu'il eſt
loyſible de tuer vn Roy, lequel n'eſt approuué
du ſainct Siege : ce ſont pluſtoſt ces eſprits
brouillons & ſeditieux, qui ſçauent bien ſur-
prendre & illuder les ignorants de ceſte
meſme opinion, abominable deuant Dieu &
ſa Iuſtice diuine, & leſquels conſpirent
effrontement contre les Roys, ſoubs pretexte
de quelques exactions inſuportables, & depor-

tements particuliers : Pourquoy faire, ilz ont
bien l'adreffe & malice de susciter & dreffer à
leur poste quelque petit Aftarot d'enfer, en luy
promettant vne place en Paradis, lequel soubs
ombre de ces fantofmes & vaines illufions, ose
entreprendre vn coup execrable, & lequel de-
urait eftre tenu & mis entre les pechez muets.

Et à fin de former la defense, que i'entends
fournir contre ces mutins, & factieux adherants a vne fi mefchante & detestable opinion :
En quelle part de l'Efcriture-faincte pour-
roient-ils trouuer la permiffion d'attenter sur
la vie de ceux que Dieu a efleué sur nous,
fans vne apparente vocation, expreffe & in-
dubitable? Cela est la baze & le fondement de
ma defenfe. Frere Iacques Clement, Pierre
Barriere, Iean Chaftel, de qui ont-ils efté
enuoyez, pour entreprendre, faire & executer
ce que ie ne dois exprimer ny dire, pour
l'execration apparente? n'eft-ce pas le mefme
efprit qui poffeda iadis Eroftrate boute-feu du
Temple de Diane : non pour efperance de
falut, qui fut en eux, ains pour perpetuer
leur nom, et faire parler d'eux en la letanie
de la saincte Ligue? L'execration de leurs
faicts me faict entrer en colere, mefmes

quand ie les nomme, ou qu'il m'en fouuient :
que puiſſent-ils eſtre enſepuelis dedans les
ondes fluctueuſes du Lethe infernal, & que
leur memoire puiſſe eſtre vne torture & ge-
henne perpetuelle à tous ceux qui sont encores
de ce faulx & mal-heureux party Espagnol,
que l'on colore auiour-d'huy du riche &
ſpecieux email de Religion, soubs lequel on
abuse impudemment du droict d'hospitalité,
parentele, amitié, & aultres saincts liens, pour
donner lieu aux freneticques opinions des
Princes eſtrangers, & François desnaturez
de ce Royaulme, leurs adherants. Que ceulx
de la Ligue nous facent apparoir de l'Apoſto-
lat & miſſion expreſſe de ces trois meurtriers,
de leur eſprit, & commandement qu'ils
auoient de perpetrer telles choses.

Ils pourront nous ſupposer quelque faulx
Demon, forgé de nouueau, ou bien quelque
puiſſance baſtie et controuuée en la Syna-
gogue des marrants Espagnols, ou bien en
quelque claſſe & ſecret auriculaire de Ie-
ſuiſtes. Où auons nous les yeux (mes chers
concitoyens, & François) où eſt noſtre enten-
dement ? que a noz yeux voyants, l'on attente
ſur la venerable & ſacrée perſonne de noſtre

Roy, de la conferuation duquel defpend l'entier repos de ce Royaume? où en font les
doleances, les cris, le dueil, & les gemiffe-
ments? en quelles tenebres, en quels troubles
rentrions-nous, si l'Ange du Dieu d'Abraham
n'euft deftourné le coup, que ce malheureux
& déterminé f'eftoit proposé de faire?

Ceulx qui reftent du naufrage de la Ligue,
nous allegueront Iahel, Aod, Iehu, et Iudith,
lefquels soubz couleur d'obeissance ietterent
leurs mains vangereffes sur Sisare, Eglon,
Ioram & Holoferne. En quoy soubs correc-
tion, ils fe trompent grandement, & tournent
l'Escriture-saincte fuyuant l'inclination de
leurs humeurs. Car qui eft celuy d'vn enten-
dement si ftupide, qui ne iugea ces quatre
dignes de cent feux, de cent rouës, voyre d'vn
million de torments, f'ils n'euffent efté par-
ticulierement triez & choisis de Dieu, pour
deflier les chefnes de seruitude, en laquelle
ilz eftoient conftituez, & tout le peuple Hebrieu? Et comme expreffement appelés pour
faire mourir ces Tyrans d'vne mort autant
ignominieufe que leur vie auoit efté tyran-
nique, mefchante, & abominable?

Noftre Roy Henry quatriesme, à present

regnant, n'eſt en rien comparable à ces quatre
tyrans, payens & infidelles, en tant qu'il eſt
notoirement & naturelement noſtre Roy
Tres-Chreſtien, tres-Catholique, & plein de
toute pieté.

Iahel femme de Haber Cineen, prophetiſſe
& eſleuée ſur le peuple de Dieu, de ſon ordonnance & par le Sainct-Esprit qui la poſ-
ſedoit, tua Siſare chef de l'armee de Iabin
Roy de Chanaan, luy fichant en la temple vn
cloux auec vn marteau, ainſi qu'il dormoit
en ſon tabernacle : En quoy faisant elle
ſembloit auoir violé le droict d'hospitalité,
l'ayant humainement receu, & promis tout
bon traictement en ſa maison : Neantmoins
elle eſt tenue pour ſaincte & beniſte au cantique & actions de graces renduës par
Debora & le Roy Barac, apres la victoire
obtenue ſur Siſare, pres le mont de Thabor.

Aod, ſemblablement homme de Dieu, &
par luy indubitablement ordonné pour le
ſalut des enfants d'Iſraël, auec vn glaive d'vne
coudée ſeulement & a deux tranchants, tua
Eglon Roy de Moab, auquel ce peuple de
Dieu eſtoit iniquement & par force tribu-
taire, ſubiect a ſes ordonnances tant pour

le regard de la Religion, que pour la police
humaine : & apres auoir ce faict, il ferma la
chambre d'Eglon auec l'asseurance de l'Esprit-
fainct, qui l'assistoit, & se retira sain & sauf en
Scirath, & en la montagne d'Ephrain, où les
enfants d'Israel en rendirent loüange à Dieu.

Le Roy Iehu, fils de Iosaphat, apres qu'il
fut oinct & sacré Roy d'Ifrael, & sur iceluy
estably par le fainct Prophete Elisee, fe
transporta en Ifrael, ou il mit a mort d'vn
coup de flefche Iora, aufsi Roy d'Israel : et
pour auoir ce faict fuyuant l'ordonnance de
ce prophete, eflant infpiré de l'efprit du grand
Dieu, & pour auoir aufsi destruict, mis a
neant, & efteinct la maison du Tyran Achab,
fes fils furent affis fur le throfne d'Ifrael, iuf-
ques à la quatriesme generation : et fut à
la fin de ses iours enfepueli fort religieufe-
ment en Samarie, auec fes pere & mere.

Iudith, fe fauua miraculeusement & paffa
auec vne belle affeurance au trauers de
l'armée, & du camp d'Holoferne, apres qu'elle
euft coupé la tefte a ce Tyran barbare, in-
fidelle & ennemy du peuple de Dieu : et
arriuée qu'elle fut en la ville de Bethulie, que
ce Tyran tenoit affiegee. elle y fut glorieufe-

ment receüe auec vne infinité de fainctes
allegreffes & magnificences.

Il appert doncques notoirement & verita-
blement, comme ces faincts personnages,
apres auoir faict leurs coups fur ces tyrans,
ennemys de Dieu & de fon peuple, fe font
retirez comme ils eftoient venuz, fans aucune
difficulté ny empefchement. Mais c'eft tout
aultre chose de ces meurtriers, qui ont cy-
deuant attenté fur nos Roys, par la faulfe &
damnable inftruction qu'on leur auoit donnée : car s'il fault iuger leur felons attentats,
par le progres & evenement d'iceux : En
vertu de quelle miffion & patente fe font ils
acheminez pour attenter sur les perfonnes de
nos Roys facrés! quel efprit, quel ange, quel
prophete les a induictz, acheminez & recon-
duictz, apres leur forfaict cornmis? Sont ils
efchappez comme Iahel, Aod, Iehu, & la
faincte Iudith? au contraire, Dieu qui abhorre
les meurtriers & hommes fanguinaires, a
permis qu'ils ayent efté pris & apprehendez,
l'vn pour eftre maffacré & traifné à la voirie,
comme fut celuy que *Lenfer crea* : L'autre
pour eftre rompu & mis fvr vne rouë : fa
main bruflée, tenant le coufteau duquel il

6

debuoit faire fon coup : celuy eft voftre Pierre
Barriere : Le troisiesme eft ce Chaftel dans
lequel ces Hypocrites auoient mis & logé cefte
damnable opinion, & lequel fut tenaillé aux
bras & cuiffes, & fa main dextre coppée,
tenant en icelle le coufteau, duquel il f'eftoit
efforcé commettre le parricide, son corps tiré
et demembré auec quatre cheuaux, & fes
membres & corps ietez au feu & consumez
en cendres, pour eftre iectées au vent. Voyla
les coronnes, les trophees, & les lauriers de
voz faincts martyrs & catholiques, puis
qu'ainsi, mais faulfement, vous les qualifiez,
contre l'honneur de Dieu & de fon Eglise,
comme fi la peine & le torment faifoient,
fans la caufe, l'homme martyr en ce monde,
au defaut de laquelle, celuy qui paffe par la
main du Bourreau retient a iufte tiltre &
digne le nom de voleur, meurtrier, assacina-
teur, & autres telles ou femblables qualitez,
& non de sainct Martyr : car il faut par ne-
ceffité, que la cause & la peine foient con-
ioinctement en celuy qui fouffre, pour f'acquerir meritoirement la coronne de martyr,
mais quelle caufe pourriez vous trouuer en
voz meurtriers ? sur quoy fondée ? Si elle n'a

pour fondement le zele que ces hypocrites portent, au bien & manutention de l'eftat Espagnol, d'où font yffus originairement ces perturbateurs de l'ordre & ancienne ierarchie de l'Eglise Catholique, ennemys iurés de noz roys & de leur eftat.

Sa faincteté n'a iamais approuvé voz felons attentats, moins le fainct fiege & confiftoire de Rome : bien ont ils accouftumé de faire paffer par les cenfures Ecclefiaftiques, & excommunications ordinaires, ceulx qui forlignent du vray & legitime party de l'Eglise Catholique : mais en leurs Cenfures & Bulles ils n'ont iamais commandé de maffacrer, empoifonner, ou tuer les Roys & les Princes : bien eft vray qu'ils les ont feulement declarez eftre membres desunis & feparez du corps de l'Eglise, hors laquelle ny a point de falut : de les tuer, cela ne fe trouvera iamais.

C'eft pourquoy aufsi voz meurtriers n'eftants approuuez de l'Eglise vniverselle, Dieu a permis qu'ils ayent efté punis ignominieufement & selon leur demerite. Ainfi il en prit a Iambri lequel tua Ela fon maiftre & feigneur filz de Baafa Roy de Therse, en laquelle apres l'avoir tué il regna fept iours

feulement : mais comme le feigneur & pere
protecteur des enfants d'Israël, qui eſt feul
fcrutateur de noz intentions, fçauoit l'ambitieuse coniuration de Iambri, il fufcita Amri
aſſiſté de son peuple, lequel aſſiegea la ville
de Therse ou eſtoit Iambri & preuoiant bien
que la place n'eſtoit tenable, il fe retira dedans
le Palais Royal, qu'il mit en combustion, &
comme vn vilain Sardanapale, fe laiſſa brusler
& confumer au feu, punition digne de fon
demerite : encores que le Prophete Iehu luy
euſt ordonné de mettre à fac & ruiner entierement la maifon & race du Roy Bafa & de
Ela fon filz.

Ceulx qui ietterent les mains fur Absalon
ne furent-ilz pas punis de mort, encores qu'il
portaſt les armes contre fon pere, fon Roy, &
fa patrie? Aufsi l'efprit de Dieu qui eſtoit en
son pere David nous reuele par son organe
Royal, que le Seigneur Dieu abhorre l'homme
fanguinaire & frauduleux.

Et Dieu vueille que noſtre Roy Henry quatriesme puiſſe comme le fusdict Amri auec
fon peuple, composé de fes vrays & legitimes
fubiects inuestir & aſſieger ſi a propos le
grand Iambri de la Ligue & ambitieuse fac-

tion, qu'il foit enfin contrainct de nous laiffer
pour toutes reliques, fes cendres, à fin d'eftre
iectees au vent, & en perdre la memoire.

Telle a efté tousiours la fin des efprits ambitieux & perturbateurs du repos public,
ennemys des vrays & legitimes Roys & lesquels ne pouuants, à guerre ouuerte, mettre
a effect leurs malitieux & diaboliques def-
feings, employent des petits Astarots, minif-
tres de leurs paffions, à fin d'affaciner noz
Roys à tort & à droict, fans aucune auctorité
ou vocation expreffe.

Le proces en dernier ressort de ces meurtriers & de leurs inftructeurs eft tout faict au
concile de Constance, feffion quinziesme auquel
na efté desrogé depuis, & voicy leur condem-
nation : *Declarat infuper, decernit & diffinit,
quod pertinaciter doctrinam hanc pernicio-
fiffimam afferentes, funt hæretici, & tanquam
tales, iuxta canonicas fanctiones, puniendi.*
Ce qui fut ainsi arrefté en iceluy Concile fur
la proposition, *Quilibet tyrannus :* mais ces
venerables Iefuistes, par prefomption ou aul-
trement, fe declarent tacitement eftre par-
dessus noftre fainct Pere, & ce fainct Concile.

Voyla cependant ce que l'autheur a mis en

6.

lumiere, contre la fufdicte damnable opinion, à fin de suruenir au fimple peuple, que les meschants ont accouftumé de furprendre & circonuenir par vn faux defguifement des Efcritures-fainctes,

Ainfi le faux Demon defguifa l'efcriture
Quand il voulut tenter du monde le Saueur,
Luy propofant alors, foubs faulfe couuerture,
Des celeftes courriers l'affiftance & faueur.

Bref, il fe fault donner garde des faulx Prophetes, & de ces orateurs mercenaires, lequels eftans en chaire tournent & virent le sens de l'efcriture-faincte, à l'équiualent de leurs penfions & paffions Caftillanes, laiffant la fincere interpretation des Saincts Docteurs de l'Eglise, pour prefcher & annoncer impudemment l'apotheofe de leurs faulx Machabees & parricides, que nous deurions plus abhorrer que les abominables pechez de Sodome & Gomorre.

Dieu par fon fainct efprit les veille aduiser, & leur faire la grace d'enfeigner ce qui eft à fa gloire, manutention de fon Eglise Catholique, obferuation de noz legitimes Roys, repos & tranquillité du public.

FIN

NOTES COMPLÉMENTAIRES

ET

ÉCLAIRCISSEMENTS

NOTES COMPLÉMENTAIRES

ET

ÉCLAIRCISSEMENTS

Page 3 — *La grande Cacade de Guyonvelle deuant Chafteauvillain.*

Chateauvillain, située dans une plaine assez étendue, sur la rivière de l'Aujon, à 21 kilomètres sud du chef-lieu de la Haute-Marne, faisait, en 1589, partie de la province de Champagne, du bailliage de Chaumont et de l'Évêché de Langres. On y remarque encore sur beaucoup de points des restes des anciennes fortifications qui consistaient dans un large fossé creusé dans le roc calcaire, ayant seize mètres de largeur sur six de profondeur. On y trouve en outre des vestiges d'assez fortes murailles qui avaient plus de 2.600 mètres d'étendue, 2 mètres 40 centimètres d'épaisseur et 5 mètres 60 centimètres de hauteur. Elles étaient flanquées de cinquante-six tours. Une digue en maçonnerie présentant des ouvertures basses et cintrées était pratiquée dans la partie du sud-ouest en amont du pont Saint-Jacques. Lorsqu'on fermait ces ouvertures, l'eau couvrait toute la partie sud de la ville et remplissait les fossés.

Cette première enceinte avait trois portes : deux ont existé jusqu'en 1833 ; la troisième se voit encore aujourd'hui, c'est la porte qui sert d'entrée au parc et qui est connue sous le nom de Porte-Madame.

La seconde enceinte renfermait la ville proprement dite. On ne voit plus que quelques restes de ses fortifications et une faible partie des fossés qui longent les ruelles des Tanneries, Saint-Marc et Saint-François. Le chateau qui était très-vaste avait également des fortifications. Il a été détruit à la Révolution (1).

La position de Chateauvillain, limitrophe de la Bourgogne et de la Champagne, lui fut plus d'une fois fatale. Sans parler des guerres des ducs de Bourgogne avec les rois de France, dont elle eut beaucoup à souffrir, elle fut prise et pillée jusqu'à quatre fois pendant les guerres de religion. Elle était alors du petit nombre des villes qui, avec Langres, tenaient pour le parti du Roy.

---

(1) *La Haute-Marne.* — *Revue champenoise.* page 487.

« En cefte mesme annee (1589) enuiron les vendanges —
dit Javernault (1) — la ville de Chaftelvillain fut une seconde
fois assiégée par les trouppes de Lorraine conduictes par
les sieurs de Molay (2) & de Guyonvelle, les soldats Langrois deffendirent ce fiege vaillamment. Le baron de Merrey y eftoit auec les fieurs du Cerf, la Mare, & plusieurs
braues de ce païs qui pour marquer leur resolution laiffe-
rent les portes de Chaftelvillain ouuertes iour & nuict.
Le sieur de Franciere entra en cefte place, paffant sur le
ventre des ennemis qui eftoient deuant. Les foldats
eftoient charges de pouldre fur leurs cheuaulx. Enfin la
bresche faicte & l'affault bien foubtenu, les Lorrains
leuerent le fiege apres y auoir perdu 400 hommes. On
fict une chanfon sur cefte cacade » (3).

Six semaines après, aussitôt qu'Henry IV apprit la délivrance de Chateauvillain, il s'empressa d'écrire à Roussat,
maire de Langres : « .... J'escript au comte de Chafteau-
villain afin qu'il tienne la ville & le chafteau dudict

---

(1) P. 132.

(2) Le duc de Lorraine envoya M. de Melay, gouverneur de La Mothe,
avec huit cents chevaux, deux compagnies de lances et sept compagnies de
pied.

(3) C'est celle que nous reproduisons ici. Parmi les titres satiriques des
ouvrages composant la *Bibliothèque imaginaire*, attribuée à Madame de
Montpensier, l'Estoile cite, à la date de 1587 : *La grande Cagade* du duc
de Guise à Jametz, avec la prise de Sedan, par ledit sieur, imprimé à
Reims.

Chafteauvillain bien munis, à quoi je vous prie tenir la main & me mander le debuoir qu'il en aura faict. J'escrits aux fieurs Dinteville, de Meuse, & de St-Amant, pour leur faire entendre, combien j'ay de contentement du fervice qu'ilz m'ont faict en la deffense de la dicte place, & que f'offrant l'occasion je recongnoisteray leurs dicts souvenirs. »

Camp du Mans, 30 nov. 1589.

A côté de Dinteville, de Meuse, et de St-Amand, cités à l'ordre du jour par le Roy, nous devons nommer, parmi les défenseurs de Chateauvillain, le capitaine du Cerf, *langrois de grand cœur*, commandant de la garnison de Marac; d'Autricourt *le vaillant*, à qui Henry IV avait confié la garde du château de Mussy; Henry de Mesmes, Chauvirey Grattedos *vaillant gentilhomme*; Genouilly, La Mare, *braue soldat & rare*; de Francieres, gouverneur de Langres; le baron de Merrey, etc.

Les assiégeants étaient commandés par Philippe d'Anglure, seigneur de Guyonvelle, plus connu sous ce dernier nom. Il était fils de Jacques d'Anglure, seigneur en partie de Guyonvelle; par son mariage avec Beatrix Lebœuf, dame de l'autre partie de cette seigneurie, il devint possesseur de la totalité. Philippe de Guyonvelle embrassa le parti de la ligue malgré les conseils de tous les membres de sa famille, et quand M. de Brantigny, bailli de Chaumont, eut été destitué en 1589, par les ligueurs de cette ville, Guyonvelle fut appelé à le remplacer et devint dès lors le chef de la ligue dans le Bassigny. C'est à ce titre qu'il commandait en chef le siège de Chateauvillain, où il fut grièvement blessé. Il avait avec lui son fils et d'Anglure de Melay, son parent, gouverneur de La Mothe; les seigneurs de Dampierre, de Montarby, de Clinchamp, d'Epinant, des Carreaux, de Raucourt, de Bricon et le baron de Cirey. Un certain Cap de fer, capitaine au service de l'union, y reçut une blessure grave, pour laquelle on lui vota une récompense de cinquante écus à prendre sur les biens confisqués.

P. 8, vers 3. — Le 16 octobre, l'un des canons que la ville de Chaumont avait envoyés s'étant rompu, on fut obligé d'abandonner la place. (*Histoire de la ville de Chaumont.*)

P. 9. vers 6 et 7. — Jean de la Taille, dans sa *Familière description des estats de la ligue* (Œuvres de Jean de la Taille. Paris, Léon Willem, 1878), s'est souvenu de ces deux vers de P. Constant, quand il fait dire aux Seize par une femme en colère :

> *Messieurs, gardés que l'on s'accorde*
> *Sans vous en demander advis;*

7

> *Car après, sans misericorde,*
> *Pourriés bien, au bout d'une corde*
> *Faire la moue à vos amis*

et un peu plus loin, quand Henri IV entré dans Paris, « les Seize et autres semblables vermines, se voyants destituez de supports, furent contraints caller le voile & faisant bonne mine,

> *Crier au Roy misericorde*
> *Pour les affranchir de la corde. »*

P. 11. — *Le cœur Royal des Lengrois.* « Ce peuple (le peuple lengrois), ayant appris qu'il y a une paction generale attachée à la focieté des hommes d'obeir aux Roys, & à ceux que leurs Maieftés leur dõnẽt pour Gouuerneurs, & que feruir le Roy c'eft regner, il f'eft donné l'honneur d'esftre fidel au Roy fans fe departir de son obeifance pour quelque occasion ou difgrace qui lui soit arriuée pendant les troubles de la France..... Cefte fidelité s'eft amplement manifestée soubs Henry quatriefme : car la France eftant embrafée des feux de diuision, les villes & chafteaux occupez par les Prince liguez contre luy, tenants cette ville comme bouclée de toutes parts par la Lorraine & le Comté de Bourgongne & par les garnisons de Nogent, Montigny, Coiffy, Mont-Saulion, Chaumont, le Fossé, Sainct Seine, Saulx le Duc & autres lieux des enuirons, elle demeura ferme en l'obeïſſance de ſa Maïeſté, comme autrefois elle auoit fait pendant la guerre des Bretons, Normands, & Bourguignons ennemis de la France, nonobstant le petard planté par le Lorrain à l'vne de ſes portes le vingtiesme iour d'Aouſt mil cinq cens nonante & vn (1) : verifiant en ce la verité de l'escrit qui eſt mis ſur la barriere de la porte de ſainct Didier

Stat Lingonum inconcuſſa fides.

& faiſant veoir que ſes habitans ont les fleurs de Lis empraintes dans leurs ames, & ne cherchent leur bonheur que dans le ſeruice de Dieu & du Roy, monſtrants par les effects l'epigraphe posée au frontispice du pont-leuis de la meſme porte.

Lengres ſur ce rocher, ou le beau Lis fleuronne,
De ſon Roy tres-Chrestien embraſſe la Coronne. » (2)

P. 21. — *Chanson de l'entreprise du Lorrain ſur la ville de Lengres.*

L'an mille cinq cents nonante & vn
La lune eſtant lors en son brun

(1) Voir p. 21.

(2) *L'anastaſe de Lengres*, De la fidélité des Lengrois, p. 530 et suiv.

Lengres faillit bien d'efire prise
Le iour & fefie Sainct Bernard
Qu'on y appliqua le petard,
Mais Dieu rompit cefie entreprise.

Dans la nuit du 20 août 1591, vers les deux heures du matin, les ligueurs firent en effet contre Langres une tentative qui échoua (1). Le duc de Lorraine, qui dirigeait l'expédition, avait donné ses ordres aux hommes qui devaient le rejoindre de Lafauche et de Chaumont, de manière à ne rien laisser soupçonner de ses intentions. Il s'agissait de faire sauter la porte du Marché avec un pétard. L'ennemi put bien approcher de la ville à la faveur de la nuit ; il arriva même jusqu'à la porte ; quelques instants encore et la ville était ouverte. Mais un coup d'arquebuse

---

(1) Après l'assassinat de Henri III (2 août 1589), pendant que la plupart des villes embrassent le parti de la ligue, Langres reste fidèle au Roy, et son maire, Jean Roussat, fait crier par toute la ville : *Vive le Roy Henry de Navarre.*

L'année précédente, lors de la construction du bastion de Longe-Porte, sur une tourelle qui surmontait ce bastion, le corps de ville avait fait graver l'inscription suivante :

Lengres soubfient les Lois & la querelle faincie
De Henry de Valois contre la ligue feinte.
1588.

affirmant ainsi son dévouement au Roy et exprimant en même temps qu'il n'était point la dupe du zèle religieux sous lequel les Guises cachaient leurs projets ambitieux.

est tiré du haut des remparts ; le pétard est abandonné et les ligueurs se dispersent en désordre sur tous les chemins.

D'après la tradition, l'éveil fut donné par un boulanger qui, étant venu par hasard, après son travail, mettre la tête aux créneaux, crut entendre quelque bruit à la porte de la ville et rentra prendre son arme, qu'il déchargea à tout hasard dans les ténèbres. Cette tradition est tellement accréditée, que le peuple croit retrouver l'image du boulanger dans une antique sculpture scellée dans la muraille près la porte du Marché. En mémoire de cette délivrance, on s'engagea par un vœu, de faire tous les ans, le 20 août, jour de la fête de saint Bernard, une procession en actions de grâces (1).

---

(1) Cette procession, interrompue pendant la Révolution, a été continuée depuis et se fait encore. L'administration municipale se fait un devoir d'y assister ; mais cet exemple n'est suivi que par un petit nombre d'habitants. En l'absence du grand Séminaire, alors en vacances, l'assistance du clergé est elle-même peu nombreuse ; elle n'offre du reste rien de particulier.

La délibération suivante, inscrite dans les Registres de la Chambre de la ville de Langres, à la date du 26 juillet 1610, prouve que peu d'années après son établissement, le pouvoir épiscopal disputait aux officiers municipaux d'en faire la publication :

« Mr Dacier, échevin, remontre à la Chambre que monsieur le Reverend Euesque ou ses officiers avoient depuis quelques iours en ça faict publier de son auctorité la procefsion generalle qui se faict chacun an au iour ſt Bernard pour rendre grâce à Dieu d'auoir efte sauvez du petard, qui fut planté aux portes de la ville par les ennemys de Sa Maiesté, bien qu'icelle procefsion, depuis le iour du malheur euité & par chacunes années

Le fameux pétard, sorte de petit obusier en fonte, est conservé au musée de la ville. Le jour de Saint-Bernard, on l'exposait à une fenêtre de l'Hôtel de Ville, ainsi que le marteau qui avait servi à le charger. Plus tard, on l'a remplacé par un pétard en bois moins lourd et plus facile à transporter (1).

Voici comment Monsieur de Dinteville, gouverneur de Langres, raconte dans une lettre au duc de Nevers, gou-

---

suiuantes, elle ayt esté tousiours publiée de par le Roy & non aultre ; ce qui sembloit une entreprise sur l'auctorité du Roy & ung defseing en-suitte d'abollir la dicte procefsion & la deuotion que le peuple y apporte en action de graces d'vn fi grand bien qu'il a reçeu de Dieu : A ce moyen, si lefdicts sieurs assistans (à la Chambre) ne trouueroient pas bon, non-obstant que lesdicts officiers dudict Sr Reuerend ayant faict deuancer la publication d'icelle procefsion, que neantmoins elle soit publiée comme de coustume de l'auctorité de sa dicte Maiefté.

« M. Medard, aduocat du Roy, dict que la procefsion a efté establie à la priere de tous les habitants & aucthorisée par defunct M. de Dinteuille & depuis par fa Maiesté, pour prier Dieu pour la conseruation de fa dicte Maiefté & de le remercier de la grace qu'il fict aux dicts habitants de les preseruer de la main de leurs ennemys, laquelle fe doict publier de l'auc-thorité du Roy..... »

En conséquence, le sieur Médard, d'accord avec tous les membres de la Chambre, fait décider que l'on enverra un exprès au sieur Plubel, maire, qui est à Paris, afin de se pourvoir au Conseil et de faire maintenir la publication de la procession par l'autorité royale.

(1) E. Jolibois fait erreur quand il dit que « lorsque les Autrichiens sont entrés à Langres, en 1814, ils ont mis cette relique au nombre des ma-chines de guerre dont ils avaient le droit de s'emparer. » (La Haute-Marne ancienne et moderne, p. 308.

verneur de Champagne, cette entreprise du duc de Lorraine :

« Monsieur de Lorraine ayant envoyé M. de Vaudemont devant la Faulche, pour y former son armée, jeudi dernier il y arriva, M. le marquis Du Pont avec lui, & dès le lendemain Guyonvelle qui étoit à Chaumont le fut trouver. Samedi matin l'armée marcha faisant courir le bruit qu'ils alloient à M. le marechal Daumont logé à Balesme maison du grand prieur de Champagne. M. de Lorraine ne fit ce jour là que trois lieues, leur rendez-vous fut à Langres, le lendemain à Luzi où ils séjournèrent le lundi, ce qui fit juger qu'ils avoient aultres defseings que celui qu'ils faisoient courir, & que ils pourroient avec l'intelligence qu'ils se promettoient en ceste place l'entreprendre avec le petard. Ce qui fut cause que le soir le sieur de Richebourg & les eschevins de la ville allerent fortifier les gardes du fauxbourg, ou par malheur il y a un grand pan de muraille de tombé, lequel ayant fait racommoder avec des barriques, il y plaça trois gentilshommes aux trois corps de garde pour y commander. De la le dit sieur revint sur les murailles de la ville voir les gardes & les solliciter de prendre garde à eux où il y demeura jusqu'à minuit & plus, ayant prié le sieur de Biragues de le venir relever ce qu'il fit et se trouva si à propos à la porte du marché qu'il donna l'alarme & fit telle epouvante à ceux qui portoient le petard qui s'étoient glissés à la faveur de

la nuit qui étoit sans lune, jusqu'à la première bascule de
la porte, que Dieu mercy ils n'y ont rien fait que de laisser
ce qu'ils avoient apporté, le capitaine Brichanteau devoit
planter le petard épaulé des sieurs de Guyonvelle, Damblize, Montreuil suivis de 200 cuirasses de 3000 hommes
de pied, ils étoient près de la porte dans une advenue fort
avantageuse ne pouvant être facilement vu des murailles,
1200 chevaulx étoit couverts par une montagne assez
proche de la ville ou étoit M. de Lorraine & MM. ses
enfans en personne, l'infanterie s'est retiré avec désordre.
Oultre ce qu'ils ont laifsé à la porte, on a trouvé par les
chemins des arquebuses & des corcelets, & qui eut eu ici
des forces étrangères avec les habitans qui avec le maire
& le corps de ville ont bien fait, c'est chose certaine qu'ils
eufsent reçu beaucoup de perte. Le duc de Lorraine se
retira avec toute son armée à Rollantpont & villages
voisins. Ceux de Chaumont tenoient si afseurée la prinse
de Langres qu'ils avoient emmené quantité de chariots
pour en remporter le butin, le duc de Lorraine voyant
son entreprise manquée tâcha d'en renouer une sur Coiffy,
& voyant le Baron (1) sur ses gardes, il prit le chemin de

---

(1) Erard de Livron, fils de messire François de Livron, chevalier, seigneur de Bourbonne, et de Dame Bonne du Chatelet. Il est qualifié haut
et puissant seigneur messire Baron de Bourbonne, souverain de Vau-
villers, seigneur de Parnot, Chezeaux, Torcenay, Hortes, Demangevelle,

la Motte, en même temps les sieurs Damblize & de Guyonvelle vinrent au bourg de Montigny-le-Roy pensant entrer
au château, Sacquenay lui en refusa l'entrée disant que
lorsqu'il seroit serviteur du Roy il le recevroit, & voulant
s'approcher davantage il leur fit tirer, & braquant l'artillerie vers le bourg les contraignit en déloger, mais ce fut
après qu'ils eurent mis le feu. » (1).

Javernault, qui était, comme Dinteville, témoin

Ville-sur-Illon, La Viéville, Giraucourt, Fresne-sur-Apance, Objac,
Wart, Larivière et Coujours; chevalier de l'ordre du Roy, conseiller en
ses conseils d'État, gentilhomme ordinaire de sa chambre, capitaine de
cinquante hommes d'armes de ses ordonnances, capitaine et gouverneur
pour sa Majesté de ses ville, château et citadelle de Coiffy; grand maître,
grand chambellan, chef des finances de son altesse de Lorraine, premier
gentilhomme de sa chambre.

Le seigneur de Bourbonne fut un des derniers à faire sa soumission au
Roy. Nous le voyons encore, alors que toutes les villes et châteaux des
environs, y compris Chaumont, ont reconnu Henri IV, retiré dans son
château de Coiffy, donner passage aux pillards et aux ennemis de l'État...
« Nous escryuons aussy — écrit Henry IV le 16 avril 1595 au maire &
escheuins de la ville de Chaumont — au dict Sr d'Inteville & a noftre tres
cher frere le duc de Lorraine : l'occasion que nous auons de nous plaindre
du deportement du sieur de Bourbonne qui commande dedans Coiffy
lequel y retire & donne pafsage à nos ennemys & à toutes sortes de vo-
leurs ; & vous mandons, si vous recognoissez que ledict Sr de Bourbonne
continue à fauoriser nos dicts ennemys, en aduertir incontinent le dict
sieur d'Inteville afin qu'il y pouruoie, selon qu'il iugera appartenir au
bien de noftre seruice. »

(1) Correspondance de Henri le Grand avec Roussat.

oculaire, raconte cette expédition d'une manière un peu
différente :

« Le duc de Lorraine — dit-il — espiant l'occasion &
son aduantage, mit une grande armée sur pied avec
laquelle il courut le plat pays, & par un stratageme de
guerre, il fit passer son armée jusqu'à Chatillon & les
enuirons de Mufsy', feignant d'aller attaquer celle du
marechal d'Aumont, mais son intention eftoit d'attaquer
noftre ville & s'en emparer. Il se rendit en un instant à
2 lieues de Langres dont on fut aduerti par vne villageoise
qui s'adrefsant au lieutenant Roussat, lors maire & garde
des clefs de la ville à l'heure que l'on vouloit fermer les
portes, luy fit entendre que l'armée du duc de Lorraine
venoit à nous, on ne tint pas grand compte de cet aduis,
croyant les ennemis plus loing. Néantmoins, on fit sur
les murailles les gardes de nuit à l'ordinaire. Il s'eftoit
fait une bresche en soubmur qui eftoit gardée par une
partie de nos habitans, et la ieunefse eftoit enfermée au
moulin à vent pour deffendre la place, pour nos gens de
guerre, je ne scay par quel sinistre malheur eftoient allé
fourrager dehors la ville, & jusqu'en Lorraine, eftant
afsurés du depart des Lorrains. Voilà comme nous eftions
deftitués de nos forces, dequoy les Lorrains eftant aduer-
tis, le duc se mit en chemin avec fon armée & approcha
pendant l'obscurité de la nuict, fi près de nos murailles,
qu'ils auoient déjà attaché contre la porte du marché

pour y planter le petard, de bonne fortune le sieur de
Tinteville à ceste heure là auoit envoyé le sieur de
Biragues faire sa ronde enuiron les 2 heures du matin,
ce gentilhomme entendant le bruict des paysans qui
auoient fui toute la nuict deuant les ennemys, auec leur
beſtiail, mit la teſte aux crenaux & reconnut l'ennemy, le
fit saluer d'un coup d'arquebuze, ce coup aduertit la ville
& aussitot le canon tira sur ces Lorrains, qui chargés de
frayeur eſtoient couchés sur le ventre, & ceux qui eſtoient
à l'aduant-garde en s'en fuyant tomboient sur les autres,
ils causèrent vn grand grand desordre. il y eut bien des
blcſsés & laiſsèrent bien des armes. Quant à Brischanteau
qui debuoit mettre le feu au petard une frayeur & trem-
blement le prit à l'heure mesme & demeura immobile.
Ceſte entreprise auoit eſté conduite par quelques-uns de
noſtre ville dont on les auoit chaſsés à cause de leur
trahison. Le duc de Lorraine fut si marry d'auoir manqué
son coup sur noſtre ville, quil fit pendre Brischanteau
qui aduoua auoir veu vne grande trouppe habillée de
blanc, conduicte par un vieillard, qui lui donna ceſte peur
qui l'empescha de faire jouer le petard. On peut dire que
Dieu ſauua la ville visiblement. Auſsi en actions de grace
on en fit une ſolennelle proceſsion tous les ans, le iour de
la ſaint Bernard, 20 aout, pour remercier Sa M. Diuine
de ſa protection. Ce iour là donc, sur les 10 heures,
comme on faisoit la proceſsion, il se donna une fauſſe

ailarme & il manqua d'y auoir du maſſacre des habitants qui eſtoient fouçonnés d'eſtre ligueurs, la prudence de M. de Tinteville appaiſa le tumulte. On fit le procez à ces remuans, mais l'amnistie faict que le sieur Javernault qui fut vn de leurs juges n'en parle point. La nuict de ce iour là, il fut commandé 50 hommes posés aux faulses brayes près la porte du marché qu'on auoit voulu forcer : 1.

Cette porte n'avait pas alors de pont-levis ; « La porte du Marché — dit Gaultherot — manquait encor de pont-leuis : mais comme l'an 1591, le Duc de Lorraine y fit planter le petard croiant enleuer la ville par ſon armée qu'il auoit fait marcher toute la nuict du 20 Aouſt au moien de quelque intelligence qu'il y auoit : Dieu en diſpoſant autrement & donnant telle fraieur au petardier & à l'armée. que le petardier quitta son petard attaché & preſt à iouer, & l'armée ſe retira en confusion, pour obuier à tel danger incontinant apres & en l'an 1592, l'on fit faire celuy qui eſt à preſent » 2.

P. 25. — *Autre chanson nouvelle sur le chant de la chanson de Mongommery*. Ici Pierre Conſtant, s'en prend

---

1 Loc. cit., p. 133

2 Loc. cit., p. 255.

à la Ligue, à l'Espagne et au Pape, ses soutiens, qu'il accuse

> *De vouloir dechaſſer le iuste heritier*
> *Hors de son heritage*

& les rend responsables de tous les maux qu'endure le pays.

Toutes nos recherches n'ont pu nous faire découvrir la chanson de Montgommery ; il y a tout lieu de supposer qu'elle doit faire partie des pamphlets et des complaintes injurieuses qui se mêlèrent aux regrets funèbres causés par la mort d'Henri II, tué d'un coup de lance par Montgommery.

P. 35. — *Invective contre l'abominable parricide &.....* Il s'agit ici de l'attentat de Jean Chatel, qui, plein de l'idée que c'était être agréable à Dieu et à l'Église de tuer un Roy hérétique, conformément à la doctrine hardiment formulée par le P. Mariana (1), frappa le Roy d'un coup de couteau qui l'atteignit à la lèvre supérieure et lui brisa une dent.

---

(1) Juan de Mariana, jésuite espagnol, né à Talavera en 1537, mort en 1624. — Entre autres écrits, il publia : *De rege & regis institutione libri III.* Toleti, apud P. Rodericum s.-d. (1599), in-4°, traité où il soutient la doctrine du régicide. Ce livre fut condamné par la Sorbonne et le Parlement par arrêt du 8 juin 1610 et par décret du P. Aquaviva, général des Jésuites, en date du 6 juillet de la même année. Il était bien temps vraiment.

P. 36. — *Frère Jacques Clement, Pierre Barrière, Jean Chaſtel.*

1º Jacques Clement, assassin du Roy Henry III, né à Sorbonne, diocèse de Sens, en 1567, tué à St-Cloud le 1ᵉʳ Aout 1589. Le roi de France et le roi de Navarre s'étaient rapprochés, et assiégeaient ensemble Paris ; cette réconciliation avait frappé la ligue de terreur. Le duc de Mayenne, La Châtre, Villeroi, et les autres principaux ligueurs, étaient réunis et délibéraient sur les moyens de se défaire de Henri III, lorsque Bourgoing, prieur des Jacobins de Paris, se présenta à eux, et leur offrit le bras d'un de ses moines, qu'on était parvenu à décider à tuer le roi ; c'était Jacques Clement. Pour exalter ce misérable, qui était à la fois jeune, ardent, fanatique, dévot et visionnaire, on avait eu recours à toutes sortes de manœuvres. Pendant le jour on ne cessait de présenter à son imagination l'exemple de Judith délivrant sa patrie par le meurtre d'Holopherne ; pendant la nuit ses supérieurs se présentaient à lui sous la forme de fantômes, et lui parlant dans l'obscurité, troublaient sa tête, déjà échauffée par le jeûne et la superstition ; si bien que le malheureux était convaincu qu'un ange lui était apparu lui présentant une épée nue, et lui ordonnant de tuer le tyran. Des contemporains ajoutent, sans preuves cependant, que la duchesse de Montpensier (1) était l'âme de cette machination infernale, et qu'elle s'était prostituée à Jacques Clément pour le déterminer au parricide. L'offre de Bourgoing fut acceptée avec joie.

Le mardi, premier jour d'aout, notre jeune religieux, « despieça persuadé & résolu de faire ce quil executa (estant parti de Paris, le lundi précédent, a cest effect, & pour lequel les ostages politiques (2) avoient efté serrés le mesme jour par Messieurs les Seize & enfermés en la bouette aux cailloux), se fist à Saint-Cloud conduire chez le Roy, au logis de Gondi, où il eust entrée par le moien de M. de La Guesle, Procureur-general au Parlement de Paris.

« Il estoit enuiron huict heures du matin, quand le Roy fust adverti qu'il y avoit un moine de Paris qui desiroit de

---

(1) Catherine-Marie de Lorraine, duchesse de Montpensier, fille du duc François de Guise, née en 1552, morte en 1596, mariée à 18 ans à Louis II de Montpensier. Elle avait cherché à captiver Henri III, mais ce monarque n'avait répondu à toutes ses séductions qu'en faisant de piquantes railleries sur ses charmes. Elle portait depuis longtemps cet outrage dans son cœur; pour s'en venger elle entra dans tous les complots contre lui, elle eut même des prédicateurs à gages pour l'insulter en chaire. Elle avait toujours sur elle une paire de petits ciseaux dorés destinés, disait-elle, à donner la tonsure de moine à Henry de Valois.

(2) La duchesse de Montpensier lui avait promis de faire arrêter deux à trois cents personnes, parmi les plus illustres amis du Roy, qui devaient servir d'otages pour sa sûreté.

lui parler, & eftoit fur fa chaire percee, aiant une robbe
de chambre fur fes espaules. fans eftre aucunement habillé, lorsqu'il entendist que fes gardes faisoient difficulté de le laifser entrer, dont il se courrouça & dit
qu'il vouloit qu'on le fist entrer, et que fi on le rebutoit,
on diroit à Paris quil chafsoit les Moines & ne les vouloit
voir.

« Incontinent le Jacobin entra &. aiant son cousteau
tout nud en fa manche. fe présenta au Roy lequel se
venoit de lever & n'avoit encores ses chaufses attachées,
&, lui aiant fait une profonde révérence. lui présenta
des lettres de la part du comte de Brienne prisonnier
pour lors à Paris; & lui dit qu'outre le contenu de la
lettre. il eftoit chargé de dire à sa Majesté quelque
chose d'importance en secret. Le Roy, ne doutant aucun
meschef lui pouvoir advenir de la part de ce petit chetif
moine, commanda que ceux qui eftoient pres de lui fe
retirafsent. Et, ouvrant la lettre qu'il lui avoit baillée.
la commença à lire pour puis après entendre du moine
le secret qu'il avoit à lui dire. Lequel, le voiant en-
tentif à lire, tira de sa manche un coufteau & lui en
donna droit dans le petit ventre. au-defsous du nom-
bril, si avant qu'il laifsa le coufteau au trou, lequel aiant
le Roy à l'instant retiré à grande force. en donna un
coup de la pointe sur le sourcil gauche du moine, &
tout aufsitost commença le Roy à s'escrier : « Ah! le

meschant moine! Il m'a tué! Qu'on le tue! Auquel cri, eftant viftement accourus ses gardes et autres, ceux qui fe trouvèrent le plus près massacrèrent ce petit afsassin de Iacobin aux pieds du Roy. Et sur ce que plusieurs eftimoient que ce fut quelque soldat desguisé, eftant cet acte trop hardi pour un moine, aiant efté incontinent ofté & tiré mort de la chambre du Roy pour eftre mieux recongneu, fust despouillé nud jusqu'à la ceinture, couvert de son habit & exposé en publiq; mais il ne fut recongneu par aucun pour autre qu'il eftoit, à-sçavoir pour vrai moine, duquel on fe debvoit garder de tous coftés comme d'une mauvaise befte.

« Le mercredi 2ᵉ aouft, à deux heures après minuict, le Roy mourut.... Le corps mort du Iacobin fust tiré à quatre chevaux & mis en quartiers, puis bruslé en la place qui eft devant l'église dudit bourg Saint-Cloud, par le commandement de Henri de Bourbon, quatriesme du nom, Roy de France & de Navarre, duquel le règne commença ce mercredi 2ᵉ aouft 1589, et prist fin celui des Valois.. » (1).

« Cependant la duchesse de Montpensier attendait, avec un trouble affreux, le résultat du coup qu'elle

---

(1) Mémoires Journaux de P. de l'Estoile. Tome III, p. 3o3, 1876.

8.

avoit commandé... Elle se tient constamment dans son coche, auprès de la porte qui mène à St-Cloud. Enfin le courrier qu'elle attend s'offre à ses yeux avec des signes de joie qui l'enivrent d'un plaisir atroce; elle s'informe de tous les détails, elle se les fait répéter; elle embrasse vingt fois ce courrier. *Ah! mon ami, s'écrie-t-elle, est-il bien vrai? le tyran, le monſtre est-il mort? Dieu! que vous me faites aise! Je ne suis marrie que d'une chose, c'est qu'il n'ait su avant de mourir que c'est moi qui ai dirigé le coup.* La voilà qui vole dans les places publiques et dans les rues les plus fréquentées, en criant de toute ses forces : Citoyens, bonne nouvelle! le tyran est mort! Elle entre à l'église des Cordeliers; elle somme ces religieux d'entonner le cantique de délivrance de Béthulie; tout le peuple de s'écrier : *Gloire au bienheureux enfant de saint Dominique, au saint martyr de Jésus-Christ!* On allume des feux de joie; chaque bourgeois, en signe d'allégresse, veut souper devant sa porte; le pauvre est invité à ces tables où l'on prodigue les mets et les vins; on danse, on chante des cantiques; chacun veut posséder un portrait de l'assassin, on vient en pompe placer sa statue en marbre au sanctuaire de l'église cathédrale et l'on écrit au bas ces mots : *Saint Jacques Clément, priez pour nous.* Les princes de Lorraine quittent l'écharpe noire qu'ils portaient depuis la mort des deux Guises, et prennent l'écharpe verte; tout Paris se rend au-devant de la mère de Jacques Clément, pauvre paysanne, que la duchesse de Montpensier a fait venir de son village; les prêtres la saluent de ce verset : Béni soit le ventre qui t'a porté, bénies soient les mamelles qui t'ont allaité! la princesse veut la loger dans son hôtel, et la fait asseoir à sa table; on la renvoie comblée de présents » (1).

2. Pierre Barrière, surnommé La Barre, régicide, mort à Melun le 26 août 1593. Il conçut le projet que Ravaillac mit si fatalement à exécution, celui d'assassiner Henri IV. Il communiqua son dessein à un dominicain italien du nom de Sébastien Bianchi, qui, après avoir tenté tous les moyens de l'en détourner, fit avertir le roi. Arrêté à Melun, au moment où il allait exécuter son projet, Barrière fut condamné au dernier supplice. Il affirma sur l'échafaud ce qu'il avait déjà déclaré dans son interrogatoire, qu'il avait été poussé à cet attentat par un capucin lyonnais, par le curé Aubri et le père Varade, qui l'avaient assuré que s'il mourait dans l'entreprise, *son âme enlevée par les anges, s'envoleroit dans le sein de Dieu où elle jouirait d'une béatitude éternelle.*

Nous sommes heureux de pouvoir donner ici quelques

---

(1) Lacretelle. T. III, p. 342.

extraits d'une brochure très-rare, relative à cet attentat
et dont voici le titre exact :

HISTOIRE

PRODIGIEUSE D'UN

detestable parricide entrepris
en la personne du Roy, par
Pierre Barriere, dit la Barre, &
comme fa Maieſté en fut miraculeusement garantie.

Avec l'extraict du proces criminel faict
audict Barriere.

M. D. XCIIII. (1)

« Pierre Barriere, dit la Barre, né de la ville d'Orléans,
de fon premier meſtier batelier, ayant fur le commencement des troubles mis la plume au vent, depuis feruit
trois ans entiers de vallet de chambre en vne grande
maiſon où il fut assez bien receu. Non content de ceſte
fortune, il voulut fuiure celle du temps. Et fut en Au-
uergne gendarme de la compagnie du feigneur d'Albigny
pour la Ligue. De là s'acheminant à Lyon, il y receut
tous bons accueils : meſmes on luy offrit l'enseigne
colonnelle du feigneur de Froze, & en apres vne com-

---

(1) In-12 de 56 pages, sans nom d'auteur et d'imprimeur.

pagnie de Cheuaux-légers, comme il a recogneu deuant
ses iuges. Offres qu'il refuza fur une refolution qu'on luy
fit prendre de tuer le Roy apres fa conuersion. Il eftoit
homme determiné & qui n'apprehendoit les hazards. Il
tombe de mal'heur és mains de quatre Religieux de diuers
ordres, mais fur tous d'vn *Petrus Maiorius Romanus*,
Iesuite, qui luy conseillent de tuer le Roy, pour plufieurs
mafques de raisons dont ils le fceurent fuborner. Guidé
de ce premier conseil, il sort de Lyon le lendemain de
l'Affumption noftre Dame, & s'achemine droict à Paris
pour eftre plus confirmé en fa deliberation : où apres
auoir parlé au Curé de fainct André des Arts & à fon
Vicaire, ils trouuèrent ce conseil tresbon, toutesfois pour
l'affeurer d'auantage, ils furent d'aduis qu'il prift langue
de celuy qui lors exerçoit l'eftat de Recteur aux Iefuites
de la rue S. Iacques. Celuy dont ie parle eftoit Varade,
lequel fix fepmaines au parauant eftoit entré en cefte charge
pour l'abfence du père Bernard. Ce fainct homme luy
conseille de perfeuerer en cefte volonté, comme tref-
religieufe & tref-faincte. Que s'il venoit à chef de son
entreprise, il feroit recommandé par deffus tous les
hommes viuans à vne longue poftérité. Mais que fi Dieu
vouloit qu'en l'executant il fut mis à mort, il ne pouuoit
faire chofe plus meritoire, fe preparant le chemin à vne
gloire éternelle en l'autre monde. Et comme ce pauure
mal conseillé luy euft repliqué, comment il luy pourroit

eftre permis de commettre ce meurdre veu que le Roy f'eftoit
reduit en noftre Eglise, le Iefuite luy repliqua qu'il deuoit
effacer de fa confcience ce fcrupule, par ce qu'il f'affeuroit
que cefte conuerfion n'eftoit que faintise. Qui eftoit le
pied fur lequel ceux de Lyon auoyent confeillé le mefme
parricide. Après l'auoir de cefte façon confirmé, il le mene
en sa chambre, où il luy baille fa benediction. Le lendemain il y retourne, là le Iefuite le faict confeffer, ouyr la
meffe, puis communier, afin d'affeurer fa confcience en
vn acte si detestable. Ce fait il laiffe aller le vaillant com-
batant, & l'exhorte d'eftre conftant iusques au dernier
foufpir de fa vie. Le mefme iour ce fcelerat achepte vn
coufteau dont la forme eftoit telle. Il auoit le manche
long de quatre gráds poulces, le trenchant fort de deux
poulces par en bas, & le surplus de cinq, coupant des deux
coftez, ainfi qu'une efpée, & le bout de la poincte en
grain d'orge, comme vn poignard. Coufteau vrayement
d'vn meurdrier qui ne vouloit donner efperance de respir
à celuy qui en auroit efté blefsé. Et encore ne fçay-ie s'il
eftoit frotté de quelque compofition maligne et venimeufe,
comme celuy du Iacobin. Apres que ce mefchant homme
eut faict affiller ce coufteau il f'en va de propos deliberé à
S. Denis pour tuer le Roy, voire au milieu de l'Eglise.
Mais le voyant ouyr la meffe deuotement, il fe retira
loing de luy pour ne tomber en ceft acceffoire. Toutesfois,
depuis pouffé du malin efprit & charmé par les exhorta-

tions de ces Iefuites, il le cheuala au fort de Gournay, &
de là à Bricōtrobert où il fit de rechef ses Pasques : &
comme il vouloit faire le coup, n'ayāt peu à point nommé
tirer fon coufteau de dedans fes chauffes, le Roy lui
efchapa. Il ne fe rend pas pour cela, car il le pourfuit
iusquesà Melun, où le Roy eftant arrivé, vn gentil-homme
Italien fe prefente à luy, qui luy dit eftre venu expres de
Lyon pour l'aduertir qu'il y auoit vn foldat qui en eftoit
party pour l'affaffiner. S'en croyoit pour l'auoir non feulement veu, ains beu auecques luy dans le Conuent des
Iacobins. Defcouurant tout au long les pratiques de ceft
homme de bien. Au demeurant que ce meurdrier eftoit
grand de corpulence, fort & robufte, d'une barbe de couleur auelaine, habillé d'un collet de marroquin, & des
gamaches orengeres. Le Roy comme il eft plain de refolution & de prudence tout enfemble, ne s'eftonna de ceft
aduis, & neantmoins commande à Monfieur Lugoly,
Lieutenant general de robbe longue du Preuoft de l'hoftel,
de faire vne fourde recherche par la ville, pour obferuer
fi on ne trouueroit vn homme de la façō que l'on luy
auoit pourtraict. Mefmes fait difpofer gens pour y prendre
garde. Comme il eft commandé, il eft fait. Le iour mefme
le gentilhomme denonciateur apperçoit fon homme dedans
le logis du Roy, mais comme il eftoit au milieu de plufieurs autres, ne fceut qu'il deuint. Dieu remet la partie
au lendemain que ce traiftre f'eftant logé dedans vne

grange hors la ville, refte des ruines du fauxbourg de
S. Liefne, ainfi qu'il vouloit entrer par la porte S. Iehan,
eft pris fur les remarques cy-deffus cottees, & mené à
Lugoly, homme duit & pratic en telles matieres autant que
iuge de fa qualité, lequel apres l'auoir interrogé & aucunement trouvé variable, luy fait dans les prisons mettre
les fers aux mains et aux pieds. Là il eft trouvé faifi d'un
coufteau, & du commencement pretextant fon voyage,
fur ce qu'il difoit eftre venu expres en Cour pour trouuer
maiftre. Luy qui recognoiffoit auoir eu au parauant tel
grade au party contraire, qu'il pouuoit auoir vne enfeigne
colonnelle d'vn regiment, ou bien des cheuaux legers, fut
enfin condamné a mort, mefmes confeffa, fans eftre mis
fur le meftier, tout ce que ie vous ay cy deffus difcouru,
& ce qui eftoit de fon entreprise. Il y perfeuera fur
l'efchafaut auant que d'auoir les membres brifez, & depuis
fur la rouẽ, au parauant que de mourir. Il y eut cinq ou
fix feigneurs fignalez du Confeil d'eftat & quatre maiftres
des Requeftes deputez par lettres patentes du Roy, pour
iuger le proces. Lesquels voyans l'acte detestable de ce
miferable, le voulurent aufsi punir de mefmes, pour feruir
d'exemple à fes femblables : car il fut condamné à eftre
trainé dans vn tombereau par les rues & tenaillé d'vn fer
chaud, ce faict mené au grand marché de la ville de
Melun, & là auoir le point droict ards & bruflé, tenant en
iceluy le coufteau dont il a efté trouué faifi : puis mené

fur vn efchafaut, pour y auoir les bras cuiffes & iambes
rompues par l'executeur de haute Iuftice, & ce faict mis
fur vne rouë pour y demeurer tant qu'il plairoit à Dieu.
Et après fa mort fon corps eftre bruflé & reduit en cendre;
& icelles iettees dans la riuiere. Que fa maifon fera rafée,
tous fes biens confifquez & acquis au Roy; & auant
l'execution que ledict Barriere fera appliqué à la queftió
ordinaire & extraordinaire, pour declarer fes complices,
& ceux qui l'ont induit d'attenter à la perfonne de fadicte
Majefté. »

3. Jean Chaftel.— « Le mardy 27 de ce mois (27 décembre
1594) comme le Roy revenant de fon voyage de Picardie,
fut entré tout botté dans la chambre de Madame de Lian-
cour, ayant autour de lui le Comte de Soissons, le Comte
de Saint Pol & autres seigneurs, se presenterent à fa
Majefté pour lui baiser les mains, Meffieurs de Ragny &
de Montigni; ainsi qu'il les recevoit, un jeune garçon
nommé Jean Chaftel, agé de 19 ans ou environ, fils d'un
Drappier de Paris, demeurant devant le Palais, lequel
avec la troupe s'étoit glissé dans la chambre, & avancé
jusques auprès du Roy, sans être apperçû, tâcha avec un
couteau qu'il tenoit, d'en donner dans la gorge de Sa
Majefté; mais parceque le Roy s'inclina à l'heure pour
relever ces Seigneurs qui lui baisoient les genoux, le
coup (conduit par une admirable & secrette Providence
de Dieu), porta au lieu de la gorge, à la face, sur la levre

9

haute du côté droit, & lui entama et coupa une dent. A l'inftant, le Roy qui se sentit blefsé, regardant ceux qui etoient autour de lui, & ayant advisé Mathurine sa folle, commença à dire, au diable foit la folle, elle m'a bleffé; mais elle le niant, courut tout aufsitôt fermer la porte & fut cause que ce petit assassin n'échapa pas, lequel ayant été saisi, puis fouillé, jetta à terre son couteau encore tout fanglant, dont il fut contraint de confesser le fait sans autre force.

Alors le Roy commanda qu'on le laissât aller & qu'il lui pardonnoit : Puis ayant entendu qu'il étoit Disciple des Jésuites, dit ces mots : Falloit-il donc que les Jésuites fussent convaincus par ma bouche.....

Le mercredy 28, on fit un point d'éguille à la blefsure du Roy, lequel ne voulut endurer le second, & dit qu'on lui avoit fait trop de mal au premier pour retourner au second.

Ce jour Chaftel fut interrogé, & par son interrogation déchargea du tout les Jésuites, même le P. Guéret son Precepteur, dit qu'il avoit entrepris le coup de son propre mouvement & que rien ne l'y avoit poussé que le zèle qu'il avoit à sa religion, de laquelle Henry de Bourbon (car il appelloit ainsi le Roy) étoit ennemi, & qu'il n'étoit en l'Eglise jusqu'à ce qu'il eut l'approbation du Pape, voire qu'il étoit permis de tuer les Rois qui n'étoient approuvez par sa Sainteté; les quelles paroles fut défendu par Arrêt de proférer, sur peine de crime de léze-Majesté.....

Le Jeudy 29, Chaftel après avoir été mis à la question ordinaire & extraordinaire qu'il endura sans rien confesser, fit amende honorable, eut le poing coupé, tenant en sa main l'homicide couteau duquel il avoit voulu tuer le Roy, puis fut tenaillé & tiré à quatre chevaux en la place de Greve à Paris, son corps et ses membres jettez au feu, & consommez en cendres, & les cendres jettées au vent » (1).

Nous avons retrouvé, aux Archives de Langres, la lettre que Henry IV fit adrefser à cette occasion à Jean Roussat, maire de Langres. La voici :

*A noz chers et bien amez les Maire & Eschevins,
manants et habitants de Nře V. de Lengres.*

De par le Roy.

Chers & bien amez,

De toutes les graces que, depuis nᵒ naiffance, nous auons receues de Dieu, celle qu'il luy a pleu ce iourdhuy nous conferer tefmoigne manifestement le foing qu'il plaift à fa divine bonté auoir de noftre confcruation. Nous

---

(1) Extraits du Journal du règne de Henry IV. Tome II, 1741.

ayant garantiz de l'affaffinat qu'un ieune garçon nommé
Pierre Chaftel aage de dix huict à dix neuf ans filz d'vn
marchand de cefte ville auoit entreprins d'exécuter fur
nous, & pour leffect duquel feftan trouué à nᵗᵒ arriuée
en cefte ville au logis ou nous fommes descenduz & deux
heures apres gliffé en la chambre en laquelle nous estions
encore bottez, recepuant les sᵗˢ de Roigny & de Montigny qui nous faluoient. Ce malheureux feft approché fans
eftre apperceu et f'eft efforcé de nous donner dans le corps
d'vn confteau qu'il portoit, mais nous baiffant pour relle-
uer les dictz sieurs de Montigny et de Roigny le
coup f'eft adreffé au visage fur la haulte levre, du cofté
droict, laquelle il a entamé & couppe une dent qui eft
tout le mal que nous en avons receu non que pour cela
nous en veillions mectre au lict. Le miferable a efté prins à
l'inftant & apres quelques deniz a enfin confeffez fon
mauvais deffeing fans toutesfois auoir rien tiré de luy
sinon qu'il a efté noury avec les Iéfuiftes lefpace de troiz
ans en lefcole defquelz lon prefume quil a receu l'inftruction d'un si dangereux affaffinat. Duquel ayant efté sy
miraculeufement prefervez nᵗᵒ premier debuoir a
efté de rendre graces a Dieu comme il a efté faict par
toutes les Eglifes de cefte ville auec des feux de ioye par
les ruës d'icelle. Et en mesme temps nous auons eftimé
néceffaire de vous en advertir affin que perfonne ne vous
previenne d'vn plus mauuais aduis. Auffy que vous don-

niez ordre que tous nos feruiteurs foyent au vray & le plus promptement que vous pourriez assurez de ce faict, pour en rendre comme nous graces publicques au bon Dieu. A quoy vous tiendrez foigneufement la main fans y faire aucune faulte. Car tel eft noftre plaisir. Donne à Paris le xxvii° jr de décembre 1594.

HENRY.

POTIER.

Au-dessous se trouve la mention suivante :

. Lettres publyez a haulte & intelligible voix par tous les lieux & endroictz accouftumez a faire cryz et publications par la ville de Lengres par le soubsⁿé commis au greffe du Siege Royal du dict Lengres au fon du tembourg affifté des cappitaines à maffe de la dicte ville auiourdhuy sabmedy septiesme du moys de Januier lan mil cinc cens quatre vingz quinze.

DAISEY (1).

Pierre Barrière et Jean Chatel ne furent pas les seuls, poussés par le fanatisme religieux, à attenter à la vie de Henry IV.

---

(1) Archives de Langres. Liasse 663.

« Alors qu'il était roi de Navarre, il fut un jour — dit Lacretelle — empoisonné sur sa propre table ; mais la dose du poison se trouva trop faible et ne lui causa qu'une indisposition. L'auteur de ce crime lui tira peu de jours après un coup de pistolet ; il le manqua, mais parvint à s'évader. Le roi d'Espagne armait des assassins contre ce prince en même temps qu'il négociait avec lui. Henri apprit un jour qu'un capitaine de compagnie, nommé Michaud, était soudoyé par l'Espagne pour le tuer. Peu de jours après avoir reçu cet avertissement, comme il était dans une forêt seul avec un page, il voit venir à lui ce capitaine monté sur un excellent cheval et portant deux pistolets à l'arçon de sa selle. Il l'attend de pied ferme : « Capitaine Michaud, lui dit-il, je veux éprouver ton cheval, qu'on m'a vanté ». L'assassin n'ose tirer et craint de se trahir ; il descend, le roi monte et, saisissant les deux pistolets : « Je sais tes desseins, lui dit-il, c'est moi maintenant qui suis maître de tes jours ». L'assassin s'enfuit à travers les broussailles. Un nommé Loro, Espagnol d'une taille colossale et d'une figure sinistre, était venu trouver le roi de Navarre comme un transfuge qui s'offrait de lui livrer Fontarabie. D'Aubigné l'observait avec inquiétude. Bientôt il sut par des lettres de Fontarabie même que Loro était un assassin soudoyé par l'Espagne. On l'arrêta et, comme on le conduisait dans une ville voisine, il se jeta dans une rivière. Il en fut retiré vivant ; on lui fit son procès ; il avoua son crime et ses complices. Il compromettait plusieurs seigneurs Français. Henri le sut et ne voulut point, sur les déclarations d'un misérable, inquiéter ou déshonorer plusieurs familles. Il fit brûler la procédure et Loro fut exécuté dans la prison (1). »

Huit projets ou tentatives d'assassinat furent formés et constatés contre Henry IV depuis l'attentat de Jean Chatel.

En 1595, c'est un frère capucin de Milan qui vient à Paris pour mettre son projet à exécution. Il fut pendu.

En 1596, c'est un tapissier de Paris et un vicaire de St-Nicolas des Champs qui méditent le même crime et périssent du même supplice. C'est un Italien, pensionnaire du cardinal d'Autriche; c'est Guesdon, un avocat angevin.

En 1599, deux Jacobins, l'un Belge, nommé Arger, l'autre, Ridicovi, originaire d'Italie, tentent de renouveler l'action de Jacques Clément ; leur projet est découvert et ils expient à la potence le crime qu'ils n'ont pu consommer.

On cite encore un chartreux, Ouin, et une femme du nom de Nicole.

A François Ravaillac, d'Angoulême, était réservée la triste gloire de tuer le meilleur des hommes et le meilleur des rois (14 mai 1610).

---

(1) Loc. cit., p. 122.

Page 41. — *Celuy que lenfer crea.* — FRERE IACQUES CLEMENT dont l'anagramme est : *c'est l'enfer qui m'a créé.*

Page 42. — *Voyla les coronnes, les trophees, et les lauriers de voȝ saincts martyrs.* — « Les Théologiens & Prédicateurs, en leurs sermons, crioient au peuple, que ce bon Religieux qui avoit si conſtamment enduré la mort pour délivrer la France de la tiranie de ce chien Henri de Valois, eſtoit un vrai martir : le voulans faire croire ainsi à quelques coquefredouilles & oisons embéguinés, appeloient ceſt assassinat & trahison détestable une œuvre grande de Dieu, un miracle, un pur exploict de sa providence, jusques à la comparer aux plus excellens mistères de son incarnation & resurrection...

« Le jeudi 24° aouſt 1589, une bande de ligueux & ligueuses de Paris, qui avoient fait partie d'aller à Saint Cloud par dévotion & vénération des cendres du Jacobin, qu'ils révéroient comme un nouveau saint & martir, comme ils en revenoient dans un basteau, rapportans les cendres dudit Jacobin, fut ledit baſteau submergé, & ceux de dedans naiés près les Bons-Hommes, sans qu'il en reschappaſt un seul des huit personnes qui y eſtoient dedans. Jugement de Dieu grand & remarquable sur ces nouveaux idolâtres. Car, de faire un saint d'un martir à

double potence, c'est proprement faire du ciel une hoste-
lerie de Tirans (1). »

Arrivé au terme de notre travail, nous croyons devoir
prévenir le lecteur que si nous n'avons pas relevé dans nos
Notes, autant que possible empruntées aux *Mémoires* du
temps, toutes les fautes contre les règles de la grammaire
et de la prosodie, c'est que nous n'avons pas cru devoir le
faire. Nous les avons reproduites, au contraire, avec une
exactitude scrupuleuse, voulant donner à nos lecteurs
l'œuvre de P. Constant et non point une œuvre revue,
corrigée, disons mieux défigurée et méconnaissable, tel que
cela se pratique malheureusement trop souvent. Le public
auquel nous nous adressons ne s'y trompera pas.

---

(1) P. de l'Estoile. Tome V, 1878, p. 4 et 6.

TABLE

Paris. — Typographie MOTTEROZ, 31, rue du Dragon.

TU PENSES
J'ŒUVRE

C.MOTTEROZ

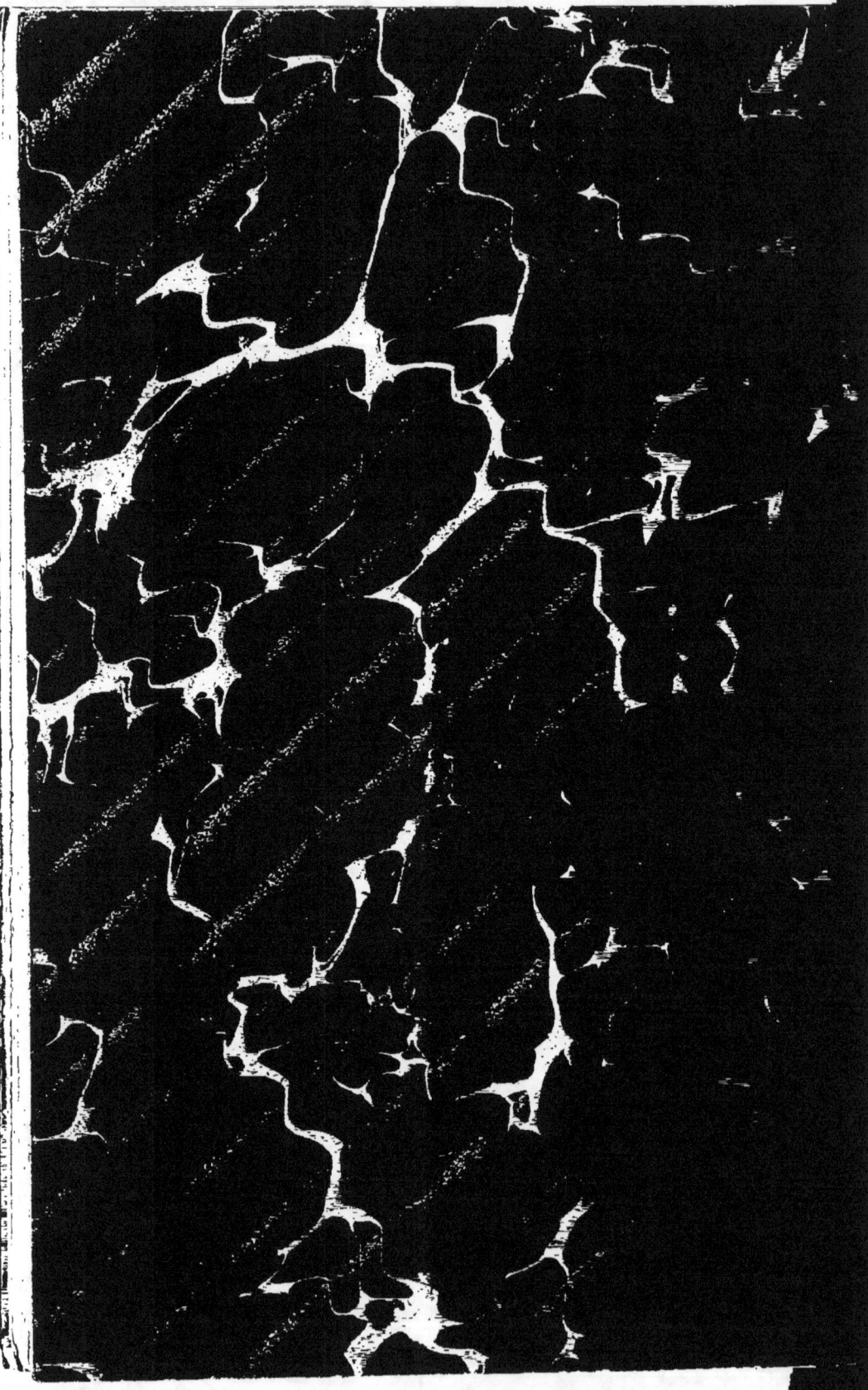

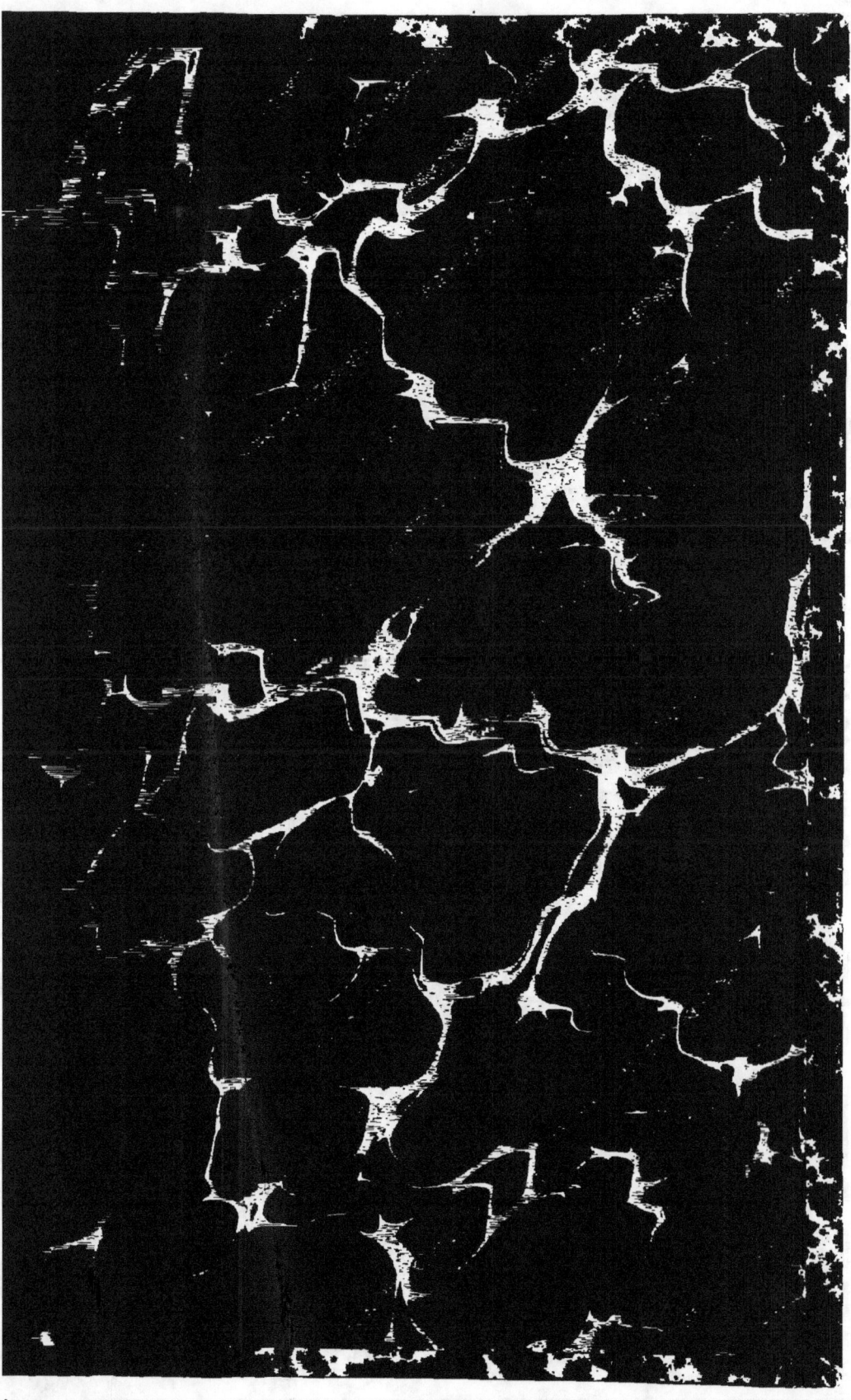

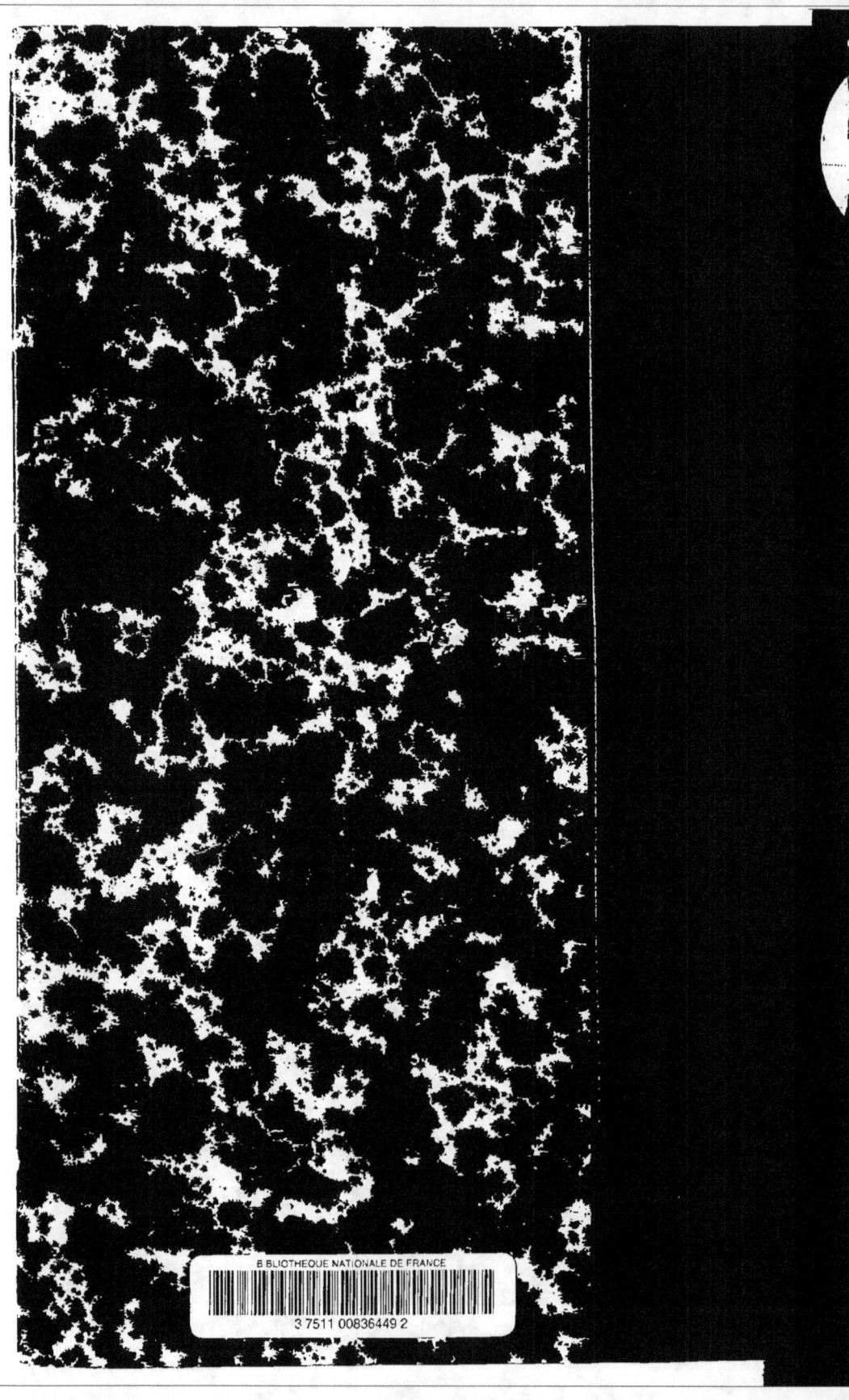

www.ingramcontent.com/pod-product-compliance
Lightning Source LLC
Chambersburg PA
CBHW060820250626
47162CB00005B/1874